우리는 가족으로 살기로 했다

카툰 **홍승우** | 에세이 **장익준**

트로이목마
TROJAN HORSE

차례

❷

❸

❹

시간을 두고 서로 알고 지낸 사이.

무엇보다 유전자를 공유하는 사이.

그래서 편할 때는 무얼 하지 않아도 되어 좋지만

불편하기 시작하면 옆에 있는 것만으로도 버겁다.

가족이란 체온을 나누는 사이.

지금 우리 가족의 온도는 어떤가요?

1. 오르락 내리락

오늘은 비긴 걸로.

아이랑 그림책에 스티커를 붙이다가
문득 궁금해졌다.

나에게 집은 하우스(House)인가? 홈(Home)인가?
우리에겐 그냥 집인데...
영어로는 단어가 두 개더란 말이지.

사전을 찾아 보았더니
하우스는 '집'이고 '주택'인데
홈은 '(가족과 함께 살고 있는) 집'이라고 한다.

하우스를 사거나 빌리는 것은
통장 사정에 달려 있는 것이겠지만
언제라도 돌아가고픈 홈으로 가꾸는 것은
가족이 함께 쌓아 나가는 '무엇'에 달려 있겠지...

2. 이웃에게 인사를

와우. 우리 엄마의 우디르급 태세 전환!

나는 랜덤(Random)을 어렵게 배웠다.
대학교 프로그래밍 시간에 말이다.
난수란 무작위로 발생하는 수열로...
컴퓨터의 랜덤 함수는 결정론적 방법으로 생성...

우리 아이는 랜덤의 원리를 어려서,
그것도 쉽게 깨우쳤다.
포켓몬 카드 사면 뭐가 들어 있는지 모르는 것처럼?
스마트폰 게임에서 아이템 상자 여는 것처럼?

이웃은 랜덤이다.
우리에게 이웃이 랜덤으로 다가온 것처럼
우리도 이웃에겐 갑자기 나타난 랜덤 상자일 테지.

좋은 이웃을 바라는 마음.
이웃에게 우리 가족이 꽝이 아니길 바라는 마음.
랜덤 상자를 열어 보았더니...?

3. 뒤도 안 돌아보고

집 근처에 강아지 맡길 곳이 있어서 다행이에요.

거기 주인 양반이 우리 뽀삐를 많이 예뻐해 줬어요.

토리야. 이리 와.

엄마 갈게. 잘 지내... 엉?

그 사람이 작년에 여자 친구랑 헤어졌는데 어찌나 미련을 못 버리고 있는지~ 어쩌고 저쩌고...

우리 애들 유치원 때도 뒤도 안 돌아보고 들어 가더니만 토리도 똑같네. 궁시렁 궁시렁...

나이가 들수록 보내는 것에 익숙해져야 할 거유.

토리가 새집으로 이사 와서 많이 불안해 해요. 신경 좀 써 주세요.

아, 네.

술 먹고 전화했다매?

헉! 그걸 어떻게?

큰아들 입대할 때도 녀석은 뒤도 안 돌아보고 가더만~ 얼마나 섭섭하던지. 어쩌고 저쩌고...

그나저나 토리 쟤... 불안해했던 거 맞나요?

헉.

토리 안녕?

토리야!

낑

낑

엄마, 나 부대 건물 뒤에서 울었어...

014

사람 마음이 간사하달까?
떨어져 있으면 보고 싶은데
붙어 지내면 삐걱거리기 시작한단 말이지.

유치원 가서 친구들이랑 어울리지 못할까 걱정하고
며칠은 가기 싫다고 우는 아이를 달래며 보냈는데
언제부터인가 뒤도 돌아보지 않고 친구 따라 휙 들어가니
기특하다는 생각보다는 섭섭한 마음이 슬그머니...
그러고는 집에 와서 아이가 두고 간 장난감을 치우며
얼마나 되었다고 그 얼굴이 눈에 밟힌다.

가족이란 언젠가 흩어질 사이.
각각의 궤도를 그리며 독립할 사이.
그리워하면서도 섭섭할 사이.
섭섭한 마음도 연습하면 좀 나아질까?

4. 레드 카드

아주 옛날 코미디 프로그램 유행어 중에서
"밥 먹고 합시다!"가 있었다.

무서운 회장님 앞에서 다들 얼어붙었을 때
심각한 얼굴로 탁자를 쿵 치고 일어서서는
"밥 먹고 합시다!" 외치는 게 웃음 포인트로
(적어도 그 당시 기준으로는) 빵 터졌었다.

어렸을 때는 그냥 뜬금없어서 웃었는데
커 보니까 나름 인생의 진리였단 말이지.
당 떨어지면 예민해져.
그냥 넘어갈 일도 언성이 높아지거든.

날카로워질 때면? 당을 채워 보자.
머리가 아파? 밥 먹고 합시다!
배부르면... 반 박자 느긋해져.
그냥 넘어갈 일을, 그냥 넘어갈 수 있어.
한 숨 돌리면 좋은 생각이 들기도 해.

우리가 어떤 민족입니까?
어쩌면... 탄수화물의 민족?

5. 비정상 회담

이삿날엔 무조건 짜장면입니다!

콰

정보통

중국집!

피친!

편의점!

언제 적 짜장입니까? 피자와 치킨은 다양한 메뉴를 고를 수 있지요!

이런 다양함은 오픈 월드 멀티 게임을 누리는 듯한 자유도에 버금가지요.

정다운

신개발! 배달 음식의 대통합! 이름하야 짬짜피친편!

그것도 절반 가격에!

저런 사람 어디 없을까...

오빠도 중학교 가더니 감 떨어졌네. 그래 봤자 피친이잖아. 겨우 메뉴 두 종류!

무엇이?

집안의 배달 음식 주문 권한은 나,

중전에게 있다는 걸 모르시오?

헉. 벌써 시켰어?

각자 먹고 싶은 걸 고를 수 있고 디저트까지 끝낼 수 있는 편의점 으로 가야...

그것이 진정한 오픈 월드죠!

편의점 비싼데...

니가 가라 편의점

내 편 들어줘서 고마워.

편든 거 아니거든요?

쿠폰 많이 주는 곳이거든요?

인생의 중요한 장면에는
그날을 상징하는 한 그릇이 있다.

생일날에는 미역국이 있고
잔칫날에는 국수가 있는 것처럼
이삿날에는 짜장면이 있다.

짐을 다 풀지 못했어도 문제없음.
엉덩이 붙일 자리만 있으면 OK.
한 손에 그릇을 들고
후루룩 짜장면을 털어 넣는다.

배만 든든해지나? 기분까지 채워진다.
칼로리가 맛의 단위라면 짜장면은 그 증거.
'단짠'을 한 그릇에 비볐으니 더 할 말 없지.
이삿날 짜장면 한 그릇은 급속 충전이다.

6. 짜장의 추억

초등학교
졸업식 때도

후루룩

고등학생 때
곱배기도

후루룩

대학 때의
술안주도

깡

휴가 때 나오자마자

짜장면 일발 장전!

후루룩

데이트
할 때도

나는 짜장과
함께 헸지.

후루룩

호록

지금도 나는 이삿날 가족들과
짜장을 함께 먹고 있다.

짜장면
싫다더니
아주 홈을
하네

후루룩

찰칵

깟뚝

깟뚝

울 아부지 짜장면 울며 드심

올~ㅋ 맛집 각인 듯

국가가 허락한 유일한 마약

너무 좋아하셔서 박제해 드렸습니다.

목욕탕 옆에 있던 허름한 동네 중국집.
짜장면을 처음 만난 날을 기억한다.
기름지고 고소한 냄새는 맛있다는 신호를 보냈지만
검고 찐득한 모습이 낯설어 주춤거렸다.

아버지는 익숙한 솜씨로 짜장면을 비벼
어린 내 입에 한가득 넣어 주셨다.
눈이 동그래지며 흡입을 시작한 날 보며
한 번 맛보면 그럴 줄 알았다는 듯 씩 웃으시고는
(원래의 목적이기도 했을) 고량주를 한 잔 비우셨다.

내 아이가 짜장면을 처음 먹던 날을 기억한다.
나보다는 입문이 좀 빨랐단 말이지.
배달 온 짜장면을 비벼 가위로 잘라 주면
입에 잔뜩 묻혀 가며 포크로 곧잘 퍼먹었다.

아버지가 비벼 주던 짜장면을 먹던 아이가 자라
다시 아이에게 짜장면을 비벼 주는 아빠가 되었다.
오래전 받았던 것을 시간을 두고 전하는 사이.
젓가락을 따라 가족의 추억이 비벼진다.

7. 다 돌아오게 되어 있어

가족은 건들지 맙시다.

내가 할 줄은 몰랐단 말이지.
"세상 좋아졌다."는 말을...

그래도 우린 PC를 쓰던 세대인데 말이야.
(참고로 PC는 개인용 컴퓨터의 약자야.)
컴퓨터로 뭘 좀 꾸며서 프린터로 뽑기라도 하면
어른들이 보시고 "세상 참 좋아졌다~." 하셨거든.
인터넷 전에는 PC통신이라고... 전화를 걸어서 들어가는데
아니 진짜로 컴퓨터가 전화를 걸었다니까?
"삐이이이~" 소리를 내면서...

굳이 설명할 필요가 없었다.
아이가 스마트폰에서 검색하니 바로 유튜브가 나오네.
오랜만에 보는 파란색 화면.
오랜만에 듣는 01410의 소리.

너도 언젠가 세상 좋아졌다 할 날이 올 거다.
너도 자식 낳아서 스마트폰이라는 걸 썼었다,
유튜브라는 걸 봤었다 하다가 놀림 받는 날이...
어라? 내가 할 줄은 몰랐다.
"너도 자식 낳아 봐라."는 말을 울컥하며 할 줄은...

8. 둘에서 다섯으로

바닥에 이불 깔고 자는 것도 오래간만이네.

오늘 침대까지 조립하면 나 죽을지도 몰라.

엄마. 나는?

어여 와. 내 딸!

단칸방으로 시작해서 집도 사고... 많은 발전이네. 우리 기념으로 셋째 만들까? ㅎㅎ

죽겠다매!

!

끼이익

?

벅 벅 벅

뭐, 딱히 외로워서는 아니야. 가족들이 섭섭해 할까 봐.

토리야. 이리 와! 내 새끼!

팍

오늘도 둘로 시작해서 다섯이 됐구만.

많은 발전이네.

2016년 정부 조사에 따르면 우리나라 국민은
한 집에서 평균 7.7년을 지낸다고 한다.
자기 집을 가지고 있는 사람은 평균 10.6년마다,
전세나 월세면 평균 3.6년마다 이사를 한다고 한다.
대한민국에서 40대가 되었다면
대여섯 번은 이사를 했다는 얘기다.

이사를 하는 가장 큰 이유는
자기 집을 갖기 위해서였다.
좀 더 큰 집을 갖기 위해서
직장과 가까운 집을 얻기 위해서
우리 가족이 좀 더 좋은 환경에서 살고자
새로운 집을 찾고 그렇게 짐을 꾸린다.

모든 이사가 희망은 아닐 것이다.
돈에 맞춰 집을 줄여야만 하는 이사도 있고
어쩔 수 없어서 다른 도시로 떠나는 이사도 있고
서글프게도 내 집이 없어지는 이사도 있으며
가족이 흩어지며 떠나는 이사도 있다.

길에서 이삿짐 트럭을 보았다.
모쪼록 희망의 이사이길!

9. 새 인생 시작

쩝쩝

아이들은 커 가고 나도 더 늙기 전에 미리 준비해야 되니까...

이번에 큰 맘 먹고 대출 끼고 이사했지.

하여간 이제부터 평생 빚 갚는 족쇄 인생 시작이다~

전세금 올려 달라는 주인 말 듣고 사는 것보다 차라리 대출을 택한 건데...

언제 다 갚을 지 막막하지만... 곧 재건축 들어간다는 얘기도 있고...

쩝 쩝

내 얘긴 줄.

"행복한 가정의 모습은 모두 비슷하지만,
불행한 가정은 모두 제각각의 불행을 안고 있다."
소설《안나 카레니나》는 모르더라도
그 첫 문장을 들어 본 사람은 제법 있을 것이다.

뭔가 그럴듯해서 하나의 경구처럼도 통하지만
톨스토이의 뜻은 좀 달랐다는 의견도 있다.
소설《안나 카레니나》를 읽어 나가면 오히려 불행한 가정들은
비슷한 이유와 예측 가능한 경로를 따라 불행으로 향한다.
그래서 어떤 평론가들은 이 유명한 첫 문장이
독자를 유인해서 주제를 강조하는 장치라고 설명한다.
(낚시를 한 거네. 톨스토이 영감님이...)

사람 사는 게, 다 비슷하다는 생각이 들 때가 많아진다.
비슷한 부분은 대개 골치 아픈 쪽이다.
아이들 학교 보내면서 생기는 이런저런 문제들.
내 집 마련을 고민하면서 메마른 통장을 짜내는 일들.
직장을 옮기고 싶지만 딱히 대안은 없을 때면... 어휴~

그래도 믿고 싶다.
비슷비슷한 불행으로 가지 않기 위한 고민이라고.
우리 가족만의 행복을 찾기 위한 과정이라고.

10. 포인트 해 드릴까요?

나도 알바를 해야 하나...

그래! 수변 마트에 캐시어 구인 광고가 있나 확인해 봐야 겠어!

삑
삑

모두 36,200원 입니다.

나도 캐시어 해 볼까?

포인트 해 드릴까요?

네?

퇴근 시간 칼같고 꼬박꼬박 돈 나오고.

물건이 많고 사람 많으면 정신없이 바쁘긴 하겠지만 집안의 복잡한 일은 내가 다 해결해 왔잖아. 적성에 맞을 거야.

읍스. 너무 자연스러웠어.

......

......

은근 적성에 맞을지도.

알바를 위한 천국은... 있다? 없다?
현실에는 없으니까 있다고 광고하겠지?
일단 천국에 살고 있으면
굳이 알바를 하러 나가질 않을 것 같은데?

우리 사회가 나아갈 방향은 그렇다.
주 몇십 시간으로 근로시간을 줄여 나가고
저녁이 있는 삶? 그런 멋진 말도 나오고...

하지만 실전은 좀 다르다.
수입은 제자리인데 써야 할 돈은 늘어나니까
좀 더 벌 수 없을까 두리번거리게 된다.
저녁이 있는 삶은 멀고
저녁에 알바가 있는 삶이 따라붙는다.

요즘은 어딜 가면 살피게 된다.
전단지, 스티커 붙어 있는 것도 괜히 보게 된다.
누가 일하고 있으면 자꾸 보게 된다.
찾고 싶다, 알바 천국.
아니 천국은 빼고 그냥 알바라도.

11. 테트리오

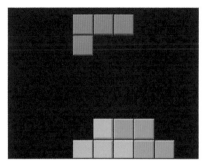

"내리실 문은 오른쪽입니다."

서로 모르는 사이였어?

테트리오. (테트리스 트리오) 힘내요!

"이번역은 ○○입니다."

다음날.

헐. 테트리오가 또 같은 자리에!

헉! 눈떴다!

오늘 테트리스는 가지런하구만.

'8-3' 오른쪽에서 출근길을 시작한다.
지하철 문마다 있는 번호 말이다.
다들 그렇지 않나? 나만 그런가?
늘 서는 자리에서 타고 내리고... 그러죠?

같은 시간, 같은 문으로 드나들다 보니
같은 시간, 같은 자리에 있는 얼굴들이 눈에 익어 간다.

'8-3' 오른쪽으로 돌면 바로 앉아 계시던 분이 기억난다.
그분 얼굴만 보면 너무 반가워서 꼭 그 앞에 섰거든.
거의 출발점에서 탔는지 늘 주무시고 계셨지만
딱 세 정거장 뒤에 눈을 번쩍 뜨고는
내게 자리를 물려주고 환승하러 가셨다.
(고맙습니다!)

지하철이란 게... 서 있을 때는 정신이 또렷하지만
자리에 앉으면 바로 눈이 스르르 감겨 버리잖아.
혹시 모르겠다. 출근길의 누군가에겐 나도
8-3에서 환승하면 늘 자고 있던 아저씨로 남아 있을지...

12. 아이러니

어~이! 나 여기 있어!

사회에서 만나는 사람들에게 나란 사람은
무언가 포장지로 쌓여 다가간다.

"어디 사세요?"라는 질문이 있다면
얼마짜리 동네에 사는 사람이 되고,
어떤 차를 타고 나타났는가에 따라
그 가격만큼의 사람으로 보일지도 모른다.

아이들에 대해 서로 물을 사이가 된다면
어떤 학교에 다니는지, 성적은 어떤지를 묻고는
부모와 아이가 그동안 어떻게 살았는지를 떠올린다.
속된 말로 '사이즈를 재어' 보는 것이겠지.

나는 네가 아니니까,
가족들도 말하지 않으면 모르니까,
사회에서 만나는 사이에
서로의 속 깊은 사정까지 전할 수는 없겠지.

이해는 하지만 때때로 아쉽다.
이사하면서 있었던 얘길 하고 싶었는데...
부동산 가격으로 점프하는 건 좀 그렇잖아?

13. 산책

응. 토리 데리고 동네에 뭐 있나 돌아다녀 보려고.

괜찮은 호프 있으면 킵해 놔.

개가 똥을 싸면 주인이 치우고 가야지. 애견인의 수치다. 정말!

토리야! 닭뼈 먹으면 안 돼!

동네에 괜찮은 데 있어?

토리가 위험하게 편의점 닭뼈 먹을 뻔 했잖아.

어머. 새끼 낳은 길고양이가 있네.

짖지 마! 불쌍하잖아.

주위에 새끼 낳은 길고양이가 살던데 너무 가여워.

토리가 친구도 사귀고

아직도 개똥 안 치우는 인간이 있더라고.

몇 살이죠?

세 살요. 친구가 마음에 드나 봐요.

님아. 내 호프는?

?

산책의 흐름에 몸을 맡겼을 뿐...

새로 이사 온 동네를 아는 가장 좋은 방법은
강아지와 산책하는 것이다.

우리 강아지는 흙냄새를 좋아해서
화단이나 가로수를 점찍으며 옮겨 다니는데
그냥 강아지의 흐름에 맡겨 보았더니
아파트 단지 몇 곳을 오가며
제법 그럴 듯한 코스를 개척했다.

며칠 산책을 다니다 보니
같은 시간에 마주치는 강아지들이 있었다.
강아지들이 아는 체 하면 사람들도 인사하고
강아지들이 난리를 치면 그래서 더 인사를 하다 보니
이렇게 짧은 시간에 새로운 동네 사람들을
많이 만나 보기는 처음이었다.

미리 지도를 보면서 나름 궁리를 했었는데
강아지에게 맡겨 보길 잘했다 싶었다.
때로는 너무 애쓰지 말고, 생각하지 말고,
그냥 흐름에 맡겨 보자.
새로운 길에서, 뜻밖의 만남이 기다리고 있으니까.

만화는 만화일 뿐.

다른 사람의 시선을 의식하는 쪽이다.
그것도 많이.

어떤 행동을 하려다가
남들 눈에 어떻게 비칠까 걱정하느라
때를 놓쳤던 적도 제법 있었다.

학교 다닐 때면
반이 바뀔 때가 제일 고역이었다.
이상하게 친한 애들과는 반이 나뉜다.
낯선 아이들 앞에서 나는 늘 얼음이었다.

이제는 나이를 좀 먹었고
여전히 눈치를 보며 살지만
눈치를 주는 입장일 때도 있어 보니까
한 가지 깨달은 것이 있다.

사람들은 생각만큼은 남에게 관심이 없더라.
내가 느꼈던 수많은 시선들은
실제로 존재했던 것들도 있었지만
내 안에서 불러일으켰던 것들이 섞여
슬그머니 자라난 것들도 제법 있더라는.

15. 빠른 친구

새 학교 가는 기분이 어때?

긴장돼.

오늘 너... 친구 사귀었구나?

어! 엄마. 어떻게 알았어?

말똥

마음이 맞는 친구를 만났으면 좋겠어.

그러면 정말 좋겠다.

얼굴 보니 알겠다.

갑자기 이사하느라 공부 환경이 바뀌게 돼서 정말 미안해.

불만없이 잘 받아 줘서 너무 고맙고...

너무 빠른 친구를 만난 것 같은데...

눈치가 빠른 애인가 봐?

엄마~!

어. 겨운아. 학교 끝났어?

눈꼬리만 건드려도 눈이 커지는 거 알아? 틴트는 연한 걸로 발라 줄게. 우리 학교 괜찮지.

재잘 재잘

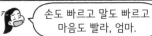

손도 빠르고 말도 빠르고 마음도 빨라, 엄마.

사람과 사람이 만나면
시나브로 뭔가 묻어오게 되어 있다.

한동안 사투리 쓰는 후배와 같이 지냈는데
나도 모르게 억양이 조금 묻어 있더라.
그녀석도 나로부터 뭔가를 묻혀 갔겠지?

아무래도 학교 다닐 때가 제일 그랬던 것 같아.
교실에서 하루종일 붙어 있다 보니
이렇게 저렇게 주고받는 게 제법 되었단 말이야.

언젠가 카페에 앉아 있는데
카페 치고는 좀 센(?) 음악들이 흘러나왔다.
귀엔 거슬렸는데 입으론 나도 모르게 흥얼거렸던 거지.
같이 있던 사람이 깜짝 놀라 물었다.
"그렇게 보이지 않았는데... 헤비메탈을 좋아하시나 봐요?"
(평소에 어떻게 보였기에?)

응? 헤비메탈을 따로 들어본 적은 없었는데...?
아, 고등학교 때 앞자리에 앉았던 영기!
그 녀석이 헤비메탈에 푹 빠져 있었지.
그때는 정신 사나운 걸 듣는다고 타박했는데...
나도 모르게 묻어왔구나.

16. 인사는 하고 다니냐?

안녕하...

!

뭐야. 시선도 피하고... 인사 한 번 하는 게 그렇게 힘들어? 너무하네...

정훈아!

누나 마중나온 거야?

됐어!

누나 마중도 다 나가네. 자기 식구들한테는 잘 하나 봐. 쳇.

혹시 이사 온 앞집 식구들한테 인사는 했니? 몇 번 마주쳤을 텐데.

했어.

네 인사는 땅 쳐다보는 것 같아서 오해 많이 받잖아. 제대로 했어?

아, 쫌!

자꾸 잔소리한다고 내가 인사... 한다?

바로 위층에 신혼부부가 이사를 왔다.
누가 먼저 인사를 하게 되었는지는 모르겠지만
어쩌다 보니 그 집 아저씨와 인사하는 사이가 되었다.

복도식, 계단식 모두 살아 보았지만
요즘 아파트에서 인사하고 지내기란 쉽질 않다.
애들 학부형끼리 알게 된다거나 하질 않는다면.

어쨌든 위층 아저씨 하고는 마주치면 인사하고 지냈다.
주로 내가 쓰레기 버리러 나갈 때
마침 그 아저씨가 담배 피러 나왔다가 꾸벅 했는데
생각보다 자주 마주쳤고 딱 인사만 하고 지나갔다.

그렇게 "안녕하세요!"만 주고받으며 몇 년을 지냈다.
뭐 하는 분인지 궁금하기도 했지만 굳이 묻지 않았다.
(그 아저씨도 궁금했을까?)

어느 날 사다리차가 오고 이사를 갔다.
이삿날 아침 위층 부부가 내려와 비타민 음료 한 상자와 함께
이삿짐 옮기느라 시끄러울 수 있다고 양해를 구했다고 하는데
마침 내가 집에 없을 때라 얘기만 전해 들었다.
마지막 "안녕하세요!"를 하지 못했다.

17. 싸가지가 없어

우리 손주는 요즘 애들이랑 다르거든?

"나이 들면 말이야~"로 시작하는 얘기는
웬만하면 하고 싶지 않았지만
결국엔 하게 되었다.

나이 들면 말이야...
이런저런 서러운 일이 늘어나지만 말이지,
그 중에 하나를 꼽자면
"우리 ○○이는 다르거든!" 편들어 주는 사람이
더 이상 곁에 없다는 거지...

그냥 믿어 주는 사람이 없어.
장점 하나만 봐 주는 사람도 없어.
(그거 은근 서글프다...)

아니지... 나이가 든다는 것은
그만큼 스스로 책임지는 사람이 되어야 하니까
무조건 믿어 달라고 해선 안 되겠지.
단점 하나가 많은 장점보다 크게 보일 수 있겠지.

그래도 가끔은 듣고 싶다.
"우리 ○○이는 다르거든!" 그 소리를...

18. 공감된 만남

"아니 뭐 이런 사람이..."
사무실 옆자리에서 방백이 터져 나왔다.
외국 사람들이 재미있어 하는 한국 문화 중 하나인데
이런 혼잣말을 들었을 경우에는 물어 봐 주는 게 예의지.
"왜?"
"아, 이것 좀 보세요."

새롭게 튼 거래처에 자료를 요청하는 메일을 보냈더니
제목도 없고 본문도 없고 첨부파일만 딸랑 붙어서 온 거다.
이쪽에서는 나름 살갑게 인사도 넣고 굽신굽신도 뿌렸는데
저쪽에서는 툭 하고 던지고 가는 것처럼 느껴진 거지.

"음, 그러게..."
일단은 적당한 공감으로 마무리를 했지만
솔직히 이런 경우는 애매한 거다.
싸가지 없다고 느낄 수도 있지만, 꼭 그런 것은 아니니까.

"네~ 자료 잘 받았습니다."
씩씩거리며 전화를 걸더니 뜻밖에도 상냥한 목소리로 태세 전환,
통화 대기음을 들어 보니 자신과 같은 가수를 응원하고 있더라나?
툭 던지던 싸가지가 이쪽 요청에 급하게 대응해 준 사람이 되었다.
사소한 공감대 덕분에 훈훈하게 마무리!
(경쟁자 노래라도 나왔으면 어쩔 뻔했어?)

19. 거울신경세포

오늘 겨운이 친구가 놀러왔어.

아, 그... 빠르다는 친구?

도대체 남이 하는 게 뭐가 재밌다는 거야~? 직접 해야 재밌는 거 아냐?

남들은 어떻게 하나 궁금하겠지.

립 하나로 수채화 같은 느낌을 줄 수 있어요.

원숭이의 거울신경세포를 아십니까?

다른 동물이 먹이를 집는 것을 보는 순간, 자신도 먹이를 집는 것처럼 느낀다는 것이죠.

무슨 소리야 갑자기

방에서 내내 뷰티 유튜브만 보더라고.

뷰티... 뭐?

먹방을 보면 같이 먹는 느낌!

겜방을 보는 것만으로도 게임을 하는 것 같은 느낌적인 느낌!

YouTube

다운이도 하루종일 게임 유튜브만 봐.

그럼 당신도 술 안 마시고 음주 유튜브만 보면 되겠네?

아니, 술은 장으로 마시거든...

하나, 이것은 실화다.

둘, 이것은 내가 최근에 들은 얘기 중에 제법 슬픈 얘기다.

셋, 물론 모두가 동의하지는 않을 것이다.

지인이 이혼을 했다. 혼자 살게 되었다.

평소 못 하던 걸 해 보자며 큰맘 먹고 게임기를 샀다.

주변에 자랑도 했다. 포부도 밝혔다.

그동안 눈치 보느라 못 하던 게임만큼은 맘껏 하겠다고.

게임기에 먼지가 쌓이기엔 오랜 시간이 필요하지 않았다.

힘들어서 못 하겠단다. 앉아만 있기도 버겁더란다.

(노안이 와서 자막이 잘 보이지 않는다는 얘긴 차마 옮기기가...)

그 대신 인터넷에서 남들이 게임 하는 것을 본다고 한다.

편의점 도시락과 맥주로 저녁상을 차리고는

누군가 신나게 게임을 하는 걸 보면서

또 다른 누군가들이 그걸 보며 수다를 떠는 걸 보고 있자면

친구들에 둘러싸여 신나게 게임하는 기분이란다.

내가 최근에 들은 실화 중에 제법 슬픈 얘기라고 하자

화를 낼까 걱정했는데 환한 표정으로 고개를 끄덕이더니

해 보면 알 거라며, 정말 재미있다며 부처님 미소가 나왔다.

(그 표정이 너무도 온화하여 일단은 그런 걸로...)

그런데... 골드버튼이 뭐야?

2019년에 교육부에서 초등학생들에게 장래 희망을 물었더니
1위 운동선수(11.6%), 2위 교사(6.9%),
3위 유튜브 크리에이터(5.7%), 4위 의사(5.6%), 5위 요리사(4.1%)
6위 프로게이머(4%), 7위 경찰관(3.7%), 8위 법률 전문가(3.5%),
9위 가수(3.2%), 10위 뷰티디자이너(2.9%)로 결과가 나왔단다.

사실 어린이들의 장래 희망은 많이 접하는 것 중에서
제일 좋아 보이는 것이 순위에 오르는 법이다.
운동선수, 요리사, 가수가 TV를 반영한다면
크리에이터, 프로게이머, 뷰티디자이너는 인터넷일 것이다.
교사와 경찰관이 학교와 동네에서 온 것이라면
의사와 법률 전문가는 아무래도 부모님의 영향이 아닐까?

새로운 직업인 유튜버는 2018년에 바로 5위로 진입하더니
불과 1년 만에 3위까지 치고 올라갔다.
연예인은 2014년까지만 해도 1위를 차지했지만
초등학생들이 자주 접하는 가수만 순위에 남았고
2018년 8위에서 2019년 9위로 하락세를 보이고 있다.

가수가 되겠다고 하면 화부터 내던 부모님들이
유튜버가 되겠다고 하면 딱히 말리지는 않는다고 한다.
(어쩌면 부모님 자신의 장래 희망이 유튜버일지도?)

오늘도 잠 못 자~ 우우우우~ ♪

두 가지 종류가 있다고 생각했다.
혼자 있고 싶어서 혼자 지내는 사람과
혼자일 수밖에 없어서 혼자 지내는 사람 말이다.

혼자 지내는 쪽에는 제법 경력이 되었는데
솔직히 지금은 잘 모르겠다.
내가 혼자 있고 싶어 하는 사람인 건지
아니면 혼자일 수밖에 없어도 잘 지내는 사람인지...

오랜 경력을 바탕으로 굳이 팁을 하나 드리자면
핫 플레이스나 안전지대를 하나 확보하는 게 중요하다.
특히 혼자 있고 싶은 사람이 혼자 있기 어렵거나
혼자 있기 싫은 사람이 혼자일 수밖에 없을 때라면 말이다.

언젠가 종로에 있는 직장을 다녔는데
회사 지하에 근처 공무원 학원을 상대하는 한식 뷔페가 있었다.
혼밥을 위해 만들어진 싸고 반찬 많은 식당이 바로 밑에!
식당 받고 회사 바로 앞에는 벤치가 있는 작은 공원에다가
다시 그 공원에는 유난히 커피 배합이 좋았던 자판기까지!
(더 이상의 자세한 설명은 생략한다?)

22. 음양의 조화

경비계의 음양의 조화인가.

청소해 주는 분이 따로 있는지?
화장실에 비데가 있는지?
계절에 관계 없이 온수가 나오는지?
출입 카드를 찍으면 문이 열리는 방식인지?
인터넷에서 본 좋은 회사의 조건들이라고 한다.

새벽에 빌딩 청소하는 알바를 했었다.
아침에 출근하면 늘 깨끗하게 치워진 회사에 다녔다면
그것은 누군가 새벽에 나와 사무실을 치웠다는 뜻이겠지.

하루가 지났더니 싹 치워져 있는 것이 반복되면
아무래도 사람이라는 게 편하게 버리게 된다.
그런데 가끔 편해도 너무 편하게 버리는 사람이 있어.
뻔히 옆에 휴지통 있는데도 바로 앞에 뿌려 놓는다거나
배달음식 먹다가 구석에 대충 놓고 가면 벌레가...

휴지통에만 제대로 넣어 주어도 큰 도움이 되는데
재활용 분류까지 깔끔하게 해 놓는 사람들도 있거든.
원래 깔끔한 사람일 수도 있겠지만
누군가 치워 주는 사람이 있다는 걸 생각하는 거겠지.
유난히 쓰레기가 많이 나오던 날에
비타민 음료 하나 같이 놓여 있던 걸 보면 말이지.

23. 숨은 고수

머리를 깎을 때면 항상 고민이 된다.

역시 사우나 이발소뿐인가.

어으허~!

나체 이발은 영 익숙해지지 않는단 말이지.

누가 봐도 아저씨라 미장원은 부담되고

엇. 집 근처 구석진 곳에 옛날 이발소가!

대성 이발소

모범 업소

바버샵에 갔더니 너무 작품을 만들어줘서 또 부담되고

게다가 비싸…

비실 비실

두상 좋으시네

불안감 엄습.

싼 맛에 커트 전문점 갔다가 묻지도 않고 따지지도 않는 커트 덕에 낭패를 봤지.

또 와요.

완전 맘에 들어! 게다가 커트 오천 원!

왕년에 내가 봉천동 가위손이었어.

차르르

가성비 갑의 숨은 고수 발견!

옛날 얘기는 하지 않으려 노력하지만
어쩔 수 없다.
'이발소'라는 공간이 옛날이 되어 가고 있으니까.

요즘은 남자들도 미용실에서 머리를 하지만
우리 때는 그 시기가 미묘해서
편하게 미용실을 드나드는 세대가 되지는 못했다.

아직까지는 곳곳에 남아 있는 이발소를 찾아가면
유일한 이발사이자 사장님이신 분들은 대부분 노인이시고
손님들 역시 염색을 기본으로 하는 분들이 많더라.

어려서 아버지를 따라 이발소에 가면
이발소 의자 팔걸이에 빨래판 비슷한 것을 가로질러 놓고는
거기 앉아 의자 위로 머리가 올라온 다음에야 이발을 할 수 있었다.
처음으로 빨래판 비슷한 것을 놓지 않고 이발소 의자에 앉던 날,
여전히 빨래판에 앉는 친구를 보며 괜히 으스대던 생각이 난다.

그러고 보니 빨래판도 옛날 물건이네?
이발소, 빨래판... 사라져 가는 옛날 물건을 기억하는 나도
그렇게 옛날 사람이 되어 가는 것일까?

24. 분산투자

옛날에는 단발만 했지.

나이 먹고 나니까 다양하게 꾸미지도 못하니... 차라리 젊었을 때 맘껏 꾸며볼 걸.

토닥토닥

미용비가 싸서 가 본 곳은

퍼머약에 따라 만 원에서 삼만 원 하는데 어느 걸로 하실래요?

스타일에 따라 가격이 다른 게 아님?

블로그 글에 낚여서 간 미용실은

다 해서 삼십만 원 입니다~

능구적

오늘은 절대로 실패하지 않으리라!

미래의 활미 와이링~

그동안 모은 비상금으로 오늘 만큼은 나만을 위해 집중투자 하겠어!

엄마, 나 용돈 올려 주면 안 돼?

충전 배터리가 고장났네. 꼭 필요한데!

엄마, 닭백숙!

어? 오늘 머리 한다더니, 미장원 안 갔어?

응... 분산투자 하기로 했어.

용돈

와! 닭백숙!

아, 그리고 배터리 사 왔어.

아이가 어렸을 때
성장판을 보호한다는 운동화가 유행했었다.
뒤꿈치 부분에 무슨 충격 흡수 물질을 넣었다며
그거 하나 붙으니까 몇만 원이 더 비쌌다.

정말 효과가 있는 것일까?
다른 곳도 아니고 성장판을 다치면 덜 큰다는데
일단 해 볼 일이었다.
한창 뛰어다니고 할 나이였으니까.

특별히 우리가 공들여 키웠다는 얘긴 아니다.
부모가 되면 다들 그렇게 되지 않던가?
애들한테 조금이라도 더 좋은 것으로 주려니
제일 먼저 아낄 수 있는 게 부모들 자신에게 쓰는 거니까
그냥 입던 거 더 입고, 새것 잘 안 사게 되고...

생각해 보면 어렸을 때도 그랬던 것 같다.
우리는 새 신발, 새 옷은 잘 받지 못했던 것 같지만
닭이라도 한 마리 삶았다면 고기는 우리들 먼저 주시고는
국물 좋아하신다며 부모님들은 밥 말아 드셨더랬지.
어른이 된다는 건... 자리를 바꾸며 살게 되는 것이리라.

25. 체온

지쳐서 귀가 했을 때 토리는 식구 중에서 제일 먼저 반겨 주기도 하지만

토리의 진정한 매력은

토리야~

이럴 때 토리는, 우리에게 없어서는 안 될 꼭 필요한 가족이라는 생각이 들지.

내가 슬퍼하거나 우울해 할 때

따뜻해.

토리는 가족이란 것이 이렇게 서로 따뜻함을 나눌 수 있는 존재라는 걸 우리에게 알려 주는 것 같아.

엉덩이를 내 몸에 살짝 기대어 앉을 때야.

그렇지? 토리야.

그다음 고개를 살짝 돌려 나를 볼 때면

"니 옆에 내가 있어." 라고 말하는 것 같아.

따뜻

미국의 인류학자 에드워드 홀이 연구한 것이 있다.
사람과 사람 사이에는 친밀한 정도에 따라
보이지 않는 거리가 있다는 것이다.

1단계는 친밀한 거리로 15~46cm
2단계는 사적인 거리로 46cm~1.2m
3단계는 사회적 거리로 1.2m~3.6m
4단계는 공적 거리로 3.6m 이상이다.

1단계는 서로 몸이 닿는 아주 가까운 사이.
2단계는 손을 뻗으면 언제라도 닿을 수 있는 사이이다.
가족이란 대개 이 범주 안에서 마주치는 경우가 많아서
좋을 때는 별다른 말을 하지 않아도 통하게 되고
나쁠 때는 조금만 목소리가 커져도 엇나가고 부딪히기 쉽다.

시간을 두고 서로 알고 지낸 사이.
무엇보다 유전자를 공유하는 사이.
그래서 편할 때는 무얼 하지 않아도 되어 좋지만
불편하기 시작하면 옆에 있는 것만으로도 버겁다.

가족이란 체온을 나누는 사이.
지금 우리 가족의 온도는 어떤가요?

지금 생각해 보면 그 좁은 집에서
넷이 어떻게 살았나 싶어.
그때는 그런 생각할 겨를도 없었지만 말이야.

아주 가끔은 그리울 때가 있어.
아이 둘을 사이에 놓고 누워
도란도란 얘기를 나누다 스르르 잠들던 때가 …

애들은 잘 때가 예뻤다, 그치?

누가 뭐래도 토리는 내 동생이야.
내가 얼마나 기다렸는데!
'밤톨'이라는 이름도 내가 지어 주었거든.

처음 우리 집에 오던 날
작은 밤톨이 내 손을 할짝할짝···
아, 나 지금 눈물 날 것 같아.

그 밤톨이 커서 요즘은 간장치킨!

죽기 전날까지 팔팔하다가
자다 죽는 게 소원이라면…
늙은이 욕심인 거유?

남편은 뭐가 급하다고 먼저 가고
착한 며느리 앞세우고
아들은 일 년 내내 바다에서 고생하는데…
손주들한테 짐은 되지 않으려고 그럽니다.

아 참, 공무원 양반들.
기계에 기름칠 좀 해 주쇼. 너무 뻑뻑해!

삐걱
삐걱

말은 통하지 않아도
일하다 보면 합이 맞거든.

구구절절 이야기 없어도
가족 위해 땀 흘리는 심정이야 다들 똑같지.

우리 딸 예쁘지? 아들 놈도 훤칠하고.
나랑 안 닮았다고? 그래서 다행이지 …
할머니? 아, 우리 엄마.

이 나이 되었어도 엄마는 늘 보고 싶다.

연애나 신혼 때에는 여유가 많던 저울이
아이를 낳고 나이가 들면 좀 야박해지기 마련이다.
아이들이 어렸을 때는 무한정 한쪽으로 기울던 저울이
아이가 자라면 다시 양팔저울로 돌아오기도 한다.

그래도 가족 사이의 양팔저울이 특별한 것은
아주 작은 것을 올려놓는 것만으로도 균형이 회복된다는 것이다.
따뜻한 말 한마디를 먼저 던지는 것만으로도...
좋아하는 비율로 커피 한 잔을 타다 주는 것만으로도...

26. 새 친구

다 됐습니다.

어... 갑자기 이께기 무겁...

대출

담보설정 모두 끝났구요.
관련 서류 받아가시면 됩니다.

네.

행복은 짧고 고통은 길다더니 맞는 말이네.

드디어 온전히 내 집이 되었구나!

전세나 월세 때는 받아 보지 못한 이 서류! 이 기쁨!

집문서 등기부등본

우리

○○은행

에휴! 그래. 이왕 이렇게 된 거 돈 많은 친구 생긴 셈 치지 뭐.

잘해 보자.

탁

근저당권설정

채권최고액
억 소리 나는 액수.

은행 대출-○○은행

기쁨 끝.

끄응

○○은행

팔씨름 인건가

싸우면서 친해지는 걸로.

등기부등본을 떼어 볼 일이 생겼다면
제법 어른이 되었다고 할 수 있다.

등기부등본에는 시시콜콜 여러 사연이 적혀 있다.
이 집이 언제 태어났는지부터 시작해서
그동안 이 집을 거쳐 간 이들의 흔적이
법원 소속인 등기소에 꼼꼼하게 기록되어 남아 있다.

대출을 받아 집을 사서 들어온 사람이
대출을 잘 갚아 나갔다가
다시 집을 담보로 대출을 받기 시작하더니
대출이 점점 늘어나다가 이사를 갔다면
하던 일이 잘 되지 않았구나 짐작도 해 보게 된다.

이렇게 이어달리기를 한 제일 마지막 줄에
다시 우리 가족의 사연이 등기로 남게 되었다.
우리 명의의 집을 마련하는 데 도움을 준 은행의 역할도
'근저당권설정'이라는 건조한 단어와
'채권최고액'이라는 구체적인 금액으로 표시되어 있다.

언젠가 우리 뒤를 이어 등기부등본에 들어오는 분에겐
지금부터 새겨 나갈 우리의 흔적들이 어떻게 보일 것인가?
때때로 채권최고액만큼 긴장감을 느끼며 산다.

27. 뜻밖의 손님

끼긱 끼긱

이사 정리를 빨리 끝내야 하는데...!

다치지 않게 조심해

이게 도움이 될지 모르겠습니다.

?

아얏!

띠리링

아 참~ 조심하라니깐!

이 모습은 마치 무기를 꺼내는 레옹과 흡사!

♬ shape of my heart ♬

툭

준규 엄마!

레옹과 마틸다인가.

공구함

!

촤락

웬 화분을 다 사 왔어~ 예뻐라.

도울 일 없어?

으... 한참 바쁜데!

안녕하셨어요

수고가 많으심다

흐미~ 어디 보자~

아니다.

'공공의 적'의 유해진이다.

068

'레옹'은 우리나라에선 1995년에 개봉한 영화다.
프랑스 감독이 미국에서 제작한 영화로
킬러와 소녀의 만남과 헤어짐을 담고 있다.

액션영화 자체로도 재미가 있었고
뛰어난 배우들의 연기도 돋보였지만
고독한 킬러 '레옹'에게 자신을 투영하면서
지금까지도 많은 아저씨들의 인생 영화로 남아 있다.
('영웅본색'까지 얘기하면 너무 옛날로 가는 걸까?)

아저씨들은 좀 이상한 구석이 있다.
고독하게 자기 일을 해내는 주인공에게 푹 빠져든다.
아저씨가 되어 갈수록 집이나 직장에서 눈치를 받게 되는데
이런 서러움을 고독한 킬러의 악전고투에 빗대는 것일까?

세월을 견디며 어떤 길을 걸어갔다면
그 자체만으로도 무언가 쌓여 나가는 것이 있기 마련이다.
레옹처럼 화려한 킬러의 기술들을 가지고 있지는 않더라도
자기가 하던 일이거나 또는 짬짬이 즐기던 취미거나
그것도 아니면 그냥 세월을 지냈기에 가졌던 경험이라도 쌓이면
그게 언제, 어떻게 쓸모가 있을지는 알 수 없는 일이다.

투박한 레옹의 가방에는 날카로운 무기들이 가득 숨겨져 있다.
내게도 그런 가방이 있을까?

28. 달인의 비애

이건 '핸드 타카'라는 것인데

나무에 박거나 전선을 벽에 박아 정리할 때 쓰는 공구죠.

찰칵

위잉

전세와 자기집의 차이는 벽에 구멍을 뚫을 수 있는가 없는가죠. 끝!

헐. 그렇게 간단한 거라니!

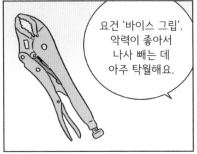

요건 '바이스 그립'. 악력이 좋아서 나사 빼는 데 아주 탁월해요.

공구의 달인! 오늘 넘 고마웠습니다!

굿밤.

요놈은 '앙카'라는 건데 석고보드 같이 약한 벽에 나사 박을 때 좋지요.

집주인 포스가 제대로인데!

저 정도면 자기집을 제대로 꾸몄겠어.

이거야말로 공구계의 혁신! 가성비 갑의 종결! 2만 원대의 8V 전동 드릴입니다!

윙

전세만 15년째.

나도 집에 마음껏 못 박고 싶다.

한 집에서 몇 년을 살다 보면
어딘가 삐걱거리는 곳이 생기게 마련이다.
콘크리트 벽에 못 박는 것도 무서워하고 손재주도 별로여서
뭔가 직접 손을 봐야 하는 일이 생기면 매번 고생을 했다.

한 번은 아래층에 사시는 할머니께서 찾아오셨다.
다용도실 천장에서 물이 새니 와서 고쳐 달라는 것이었다.
알아보니까 아래층 천장의 누수에 대해서는
여러 조건을 따져 누가 책임질 것인지 판단하게 되어 있었다.

일단 가서 보니 겉으로 드러난 파이프 이음새가 새고 있었다.
흔히 비용이 많이 든다는 바닥을 뜯는 공사가 아니었고
거동이 편치 못한 노부부 두 분만 사시는 집이고 해서
우리가 고쳐 드리기로 했다.

내가 워낙 손재주도 없고 자신도 없어서 사람을 부르려 하니
할아버지께서 사람 부르면 돈이 드니 직접 하자고 하셨다.
할아버지께서 말로 일러주시면 내가 움직이며 손을 보았는데
한 시간 정도 뚝딱거렸더니 다행히 더이상 물이 새지 않았다.

할아버지께서는 전 같았으면 직접 손봤을 텐데
몸이 예전 같지 않아 신세를 졌다고 미안해 하셨다.
할머니께서 타 주신 걸쭉한 시골식 커피를 마시며
집 고치는 재미가 이런 거구나, 조금은 알게 되었다.

대형마트가 어렵다는 기사를 보았다.
원래 대형마트는 3~4인 가족의 장보기에 맞춰져 있는데
요즘은 가족 단위가 그보다 더 쪼개져 버려서
대형마트의 묶음 판매가 부담스러워졌다는 것이다.
특히 젊은층이 대형마트를 잘 찾지 않는다고 한다.

예전에는 편의점이 비싸다고 가지 않던 사람들도
그냥 몇 개는 편의점에서 사기 시작했고
편의점 물건들도 보다 다양하고 나름 저렴해졌다.
대형마트에서만 팔 수 있다고 여겨졌던 신선식품도
이제는 밤에 주문하면 새벽에 배송이 오고
편의점에서 과일을 팔기도 하는 시대가 되었다.

우리 가족에겐 대형마트에서 쌓은 추억들이 제법 된다.
신혼 때 부모님과 같이 살고 있었는데
밤늦게 대형마트로 나가 구경도 하고 떡볶이도 사 먹으며
그래도 둘만의 시간을 가질 수 있었던 놀이터였다.
카트에 아이를 태우고 장보러 다니던 날들도 떠오른다.
아이 핑계로 내가 가고픈 장난감 진열대를 돌기도 했었는데...

세상은 항상 움직인다.
특히 돈과 생존이 관계된 곳은 한 걸음 더 빠르게 변해 간다.
그래도 대형마트가 조금은 더 버텼으면 한다.
진열대 어딘가엔 우리 가족의 추억이 묻어 있으니까.

30. 동상이몽

아이고, 찌뿌둥해...
이사 후유증인가.
찜질방에 좀 다녀올게.

카아

아들 좀 데리고 가.

혼자 가고
싶은데

갑자기?

아들!
여기 잔돈!

이게 이유지.

소금방

가서 맥주
한잔 해.

콜!

콜!

10000

시원해? 응.

으뭇

맥주는 내가 먹는데
넌 왜 콜이냐?

가 보면
알아.

형. 언제 끝나?

으뭇

고경

하지만 모두가 만족.

"날씨가 참 좋죠?"
딸아이는 전혀 기억을 하지 못하던데
이건 둘이서 연출하던 드라마의 단골 대사였다.

아내가 일하러 나가면 둘이서 인형들을 꺼내 놓고 놀았다.
집에 있는 물건들로 마을 비슷한 것을 꾸며 놓으면
인형들이 서로 만나면서 이야기가 시작되는데
첫 대사는 어김없이 "날씨가 참 좋죠?"였다.

아내가 돌아와 잠든 아이와 인형들의 마을을 보면서
때론 고생했다며 보너스 용돈을 주기도 했다.
아빠에게 인형놀이란 고역이라 생각한 모양이다.

이제 와서 고백한다면 하나도 고생이 아니었다.
어려서 위로 누나가 둘이던 나는 원래 인형과 친한 사이였다.
수많은 인형들의 이름과 대사를 짓는 것도 그리 어렵지 않았다.
좋아하던 영화나 만화책에서 빌려 왔으니까.
특히 《캔디캔디》와 '스타워즈'를 섞은 것이 반응이 좋았다.

정통파 인형놀이를 하지 않은 게 문제일지 걱정은 살짝 했다.
(축구인 줄 알았는데 사실 야구를 배운 것 같은 느낌?)
딸아이가 한 번도 보여준 적 없는 '파워레인저'에 빠졌을 때는
속으로 조금 뜨끔하긴 했다. 짚이는 게 있기도 했고...

어~흐 개운해!

아버지는 목욕을 좋아하셨다.
덕분에 아주 어렸을 때부터 목욕탕을 드나들었다.
아버지를 따라 수증기가 자욱한 문을 열고 들어서면
축축한 목욕탕이 좀 낯설고 그랬다.

아버지의 목욕은 좀 과격했다.
아버지는 뜨거운 탕에 들어갔다가
바로 냉탕으로 옮겨 다니는 걸 즐겨 하셨다.
언젠가 TV에 나온 의사 선생님이 그러면 안 된다고 하시던데
아무튼 내가 어렸을 때는 우리 아버지뿐만 아니라
많은 어른들이 열탕과 냉탕 사이를 오가고 그랬다.

이 모든 것을 참아내고 나면 드디어 바나나 우유의 시간이다.
지금도 같은 모양으로 나오는 그 바나나 우유 말이다.
목욕탕 냉장고에 바나나 우유가 떨어지기라도 하는 날이면
나는 동네에서 가장 우울한 아이가 되었다.

지금 내가 그때 아버지의 나이가 되었다.
그때의 아버지처럼 지금의 나도 목욕탕을 즐겨 간다.
그때의 아버지처럼 지금의 나도 열탕과 냉탕 사이를 옮겨 다닌다.
(이유는 모르겠지만 피로가 풀리는 것 같다?)
그리고 지금도 꼭, 바나나 우유가 있어야 우울하지 않다.

32. 동전의 추억

아들. 게임이 그렇게 좋냐?

좋지.

아빠!

이 게임 한번 해 봐도 될까요?

그럼요. 크레딧이 무제한이라 동전 안 넣으셔도 돼요.

어, 너구리!

그때 그 핫 플레이스네.

컨트롤의 핵심은 스냅이지!

민망해.

한때 나도 오락실 죽돌이였지.

?

동전 쌓아 놓고 겜하는 넘들... 엄청 부러워했어.

!

옛날 기분 좀 내시라고...

내 경우엔 '문 패트롤'이라는 게임이었다.
오락실에 푹 빠지게 된 계기가 말이다.
월면차를 몰아 울퉁불퉁한 달 표면을 달리면서
함정도 피하고 날아오는 비행접시도 물리쳐야 한다.
지금 기준으로 보면 이게 뭐야 할 수도 있겠지만
시간 가는 줄 모르고 달 표면을 달렸다.

오락실 게임을 하다 죽으면
'Continue?'라 물으며 숫자를 세기 시작하는데
이걸 처음 만든 사람은 분명 천재였을 것이다.
동전을 넣으면 죽은 자리부터 다시 시작할 수 있으니
게임 실력이 별로였던 나는 열심히 동전을 집어넣었다.

어머니는 안 하던 청소를 한다고 기특해 하셨지만
굴러다니는 동전을 주우려 했다는 걸 모르셨을 것이다.
아무튼 책을 펴도 공책에 있는 줄을 따라 월면차가 달리고
이불을 펴고 누우면 천장에 비행접시가 날아다녔다.

스마트폰 게임으로 '문 패트롤'이 있기에 설치를 했다.
그림도 비슷하고 음악도 비슷하고 게임 진행도 거의 같았지만
이상하게 어릴 때 그 기분이 나지 않았다.
역시 오락실 게임은 동전을 넣어야 제맛인가?

33. 아도겐

부자의 '공감 아도겐'이군!

어려서 처음 본 '파워레인저'는 충격이었다.
히어로로 변신하는 것만으로도 신기한데
탈것이나 동물을 불러다가 거대 로봇으로 합체를 한다!
일요일 아침에 해 주는 어린이 특집을 보기 위해
누가 깨우지 않아도 벌떡 일어나 TV 앞을 차지했다.

딸아이가 '파워레인저'를 좋아한 것은 뜻밖이었다.
어린이 채널이나 만화 채널에서 자주 틀어주기는 하지만
여자아이들이 좋아하는 장르는 아니었으니까.
당시엔 동물이 변신해서 로봇이 되는 시리즈였는데
딸아이는 기린에 꽂히기 시작하면서 빠져들기 시작했다.

시작은 그냥 기린 로봇 하나였다.
아내는 특별히 '파워레인저'라 생각지 않고
그냥 동물 인형을 하나 사 준다고 생각한 것 같았다.
하지만 그때 내 눈에는 미래가 보였다.
기린의 동료들이 달려와 거대 로봇으로 합체하는 장면이...

설명서를 보며 로봇과 씨름하던 아내가 (드디어!) 나를 호출했다.
그때부터 나는 딸아이의 명령에 따라 변신과 합체를 반복했다.
힘들었을까? 전혀! 귀찮았나요? 아닙니다!
어려서 그렇게 갖고 싶었지만 하나도 갖지 못했던 로봇들이
드디어 내 손에 들어왔다. 그것도 풀세트로.
(성원해 주신 가족 여러분들께 감사드립니다!)

34. 위험 구역

그거 그쪽.

이건 이쪽.

기껏 도와줬더니, 뭐? 그럼 니 방이니까 직접하시든가요!

배치가 맘에 안 들어? 그럼 엄마 생각대로 배치해 볼까?

그럴래?

감각 없는 엄마니까 너님 물건들 사실 때도 직접 사시죠? 어이가 없어서.

휴~ 어때?

……

여보~ 찜질방 다녀왔습...!

뭐, 딱히... 나보다도 못한데? 감각이 촌스러워.

!

후진.

전방에 위험 구역이 감지되었습니다.

가족이라서... 쉽게 내뱉을 때가 있다.
밖에서 만나는 사람이라면
입 밖으로 내지 않고 삼킬 말도
가족이라서 그냥 던질 때가 있다.

가족이라서... 들쑥날쑥한 게 문제다.
밖에서 들었다면 기분 나쁠 말도
집에서는 우스개가 되기도 하지만
또 어떤 날에는 큰 싸움이 되니까 말이다.

가족이라서... 더 섭섭한 게 사실이다.
밖에서 들었다면 참고 넘어갈 말도
가족에게 들으면 더 울컥해진다.
편들어 줄 사람이라 믿었기 때문일까?

가족이라서... 피할 곳이 없다.
밖에서 다툼이 생기면 자리를 피하기도 하지만
붙어 사는 가족끼리는 그것도 마땅치 않다.
아니, 자리를 피한다는 것마저도
가족끼리는 상처가 되니까.

가족이니까... 더 조심해야 하는데...
아는데... 자꾸 잊게 된다. 조심하지 않는다.
알면서 말이다.

지지배! 엄마한테 말하는 4가지 하고는!

내가 다시 방 정리해 주나 봐라!

에휴~ 그래도 화 풀어야지...

요즘 애들 말투가 다 그런데 나까지 화 내 버렸어.

아직 다 하지 못한 안방 정리나 해야겠다.

겨운아! 코코아 먹...

엄마. 쿠키 가져 왔어... 같이 먹을래?

휴~ 커피 한 잔 마시고 할까.

재잘 재잘

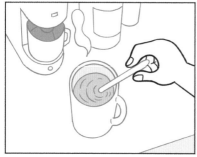

(지금이야!) 찜질방 다녀왔습니다!

진입하셔도 좋습니다.

양팔저울을 가지고 산다고 생각한다.
사회에서 사람들을 대할 때 말이다.
좋은 것이든 나쁜 것이든
주고받는 것에 균형을 맞추며 살지 않을까?

가족 사이에는 그런 저울이 없는 것처럼도 보인다.
그냥 계속 주어도 그렇게 섭섭하지 않고
때론 좀 심한 게 들어와도 그 무게를 홀로 감당한다.

하지만 가족들도 결국 사람과 사람의 만남이어서
균형을 맞추고픈 마음이 아예 없다고는 못할 것이다.
양팔저울의 길이가 달라서 허용하는 폭이 넓거나
밖에서보다 시간을 두고 기다릴 수 있다는 것이겠지...

연애나 신혼 때에는 여유가 많던 저울이
아이를 낳고 나이가 들면 좀 야박해지기 마련이다.
아이들이 어렸을 때는 무한정 한쪽으로 기울던 저울이
아이가 자라면 다시 양팔저울로 돌아오기도 한다.
(사실 그렇게 되는 것이 교육적으로 옳을 테고...)

그래도 가족 사이의 양팔저울이 특별한 것은
아주 작은 것을 올려놓는 것만으로도 균형이 회복된다는 것이다.
따뜻한 말 한마디를 먼저 던지는 것만으로도...
좋아하는 비율로 커피 한 잔을 타다 주는 것만으로도...

할머니도 강아지들 보시는 줄 알았는데

아니셨네요...!

요즘엔 여자들이 큰 개를 몰고 아저씨나 할아버지는 오히려 작은 개를 데리고 다니는 것 같네요.

왜? 나도 관뚜껑 닫을 때까지 여자이고 싶은데?

까르르

ㅋㅋㅋ

저 할아범은 날라리야 조심해야 해.

!

!

할매가 있어도 없다고 할 놈이야.

저 할아범은 딱 봐도 고집불통 이네.

앗. 할머니 죄송해요. 관뚜껑 얘기하시는데 웃어서...

괜찮아. ㅋㅋ.

어차피 관뚜껑은 다들 닫을 건데 뭘!

활기찬 청년들의 사진이 걸려 있다.
선생님은 자신만만한 십대들에게 선배들의 사진을 보여 준다.
자신들과 닮은 선배들의 모습을 보며 학생들은 재밌어 한다.
"여기 이 사진 속 사람들은 이미 죽은 사람들이야."
선생님은 모두를 얼어붙게 만드는 한마디를 던진다.
그리고는 처음 들어 보는 단어 '카르페 디엠'을 알려 준다.
영화 '죽은 시인의 사회'의 한 장면이다.

라틴어 '카르페 디엠(Carpe Diem)'은
영어로는 '시즈 더 데이(Sieze the Day)'라 하고
우리말로는 '현재를 즐겨라'로 알려져 있지만
'시간을 흘려 보내지 말고 지금 최선을 다하라'에 가까울 것이다.

카르페 디엠의 짝은 '메멘토 모리(Memento Mori)'라고 한다.
메멘토 모리는 우리말로 '죽음을 기억하라'로
영화 속 선생님이 이미 죽은 이들의 사진을 보여 준 이유다.
지금 우리가 누리고 있는 이 시간은 영원하지 않으니까...
언젠가 우리 모두는 사라지게 되니까...
바로 지금, 여기 있는 이 순간을 놓치지 말라는 이야기다.

자신의 죽음을 떠올리며 살고픈 사람은 없다.
우리는 늘 영원히 살 것처럼 생각하고 행동한다.
그래서 시간을 낭비한다. 그래서 언젠가로 미룬다.
우리에게 있는 것은 오직 '지금'뿐인데도 말이다.

저런... 완전히
노견이네.

아이고~
노환이시네...

저렇게 안아서라도 산책
시키려는 마음이
너무 이해돼요.

저렇게라도 바깥
바람을 쐬셔야...

우리 토리도
저렇게 늙으면
기분이 어떨까?

!

나도 손주들한테 짐 되면 안 되는데...

노인 한 분이 힘겹게 산책을 하고 계셨다.
따님으로 보이는 젊은 여성의 부축을 받으며 말이다.
흔히 '풍 맞았다'고 하는, 뇌졸중인 것 같았다.
몸의 절반이 마비된 것처럼 보였으니까.

매일 같은 시간에 나와 힘겨운 발걸음을 옮기시더라.
그렇게 꾸준히 움직이는 것이 재활에 큰 도움이 된다는 것을
나중에 들어 알게 되었지만 그때는 솔직히
'저렇게 힘들게 다니셔야 되나?' 생각도 들었다.

어떻게든 계속 몸을 움직이는 어르신도 대단했지만
거의 매일 함께 나오는 따님도 고생이다 생각했다.
그때는 내 나이가 따님과 더 가까웠으니
아무래도 그쪽에 내 자신을 비춰 보았던 것 같다.

그런데 계절이 몇 번 바뀌고 보니
어르신의 발걸음이 눈에 띄게 달라져 있었다.
빠르게 걷지는 못하시지만 마비가 많이 풀려 보였다.
무엇보다 누구의 도움 없이 혼자 걷고 계셨다.

학교 후배가 뇌졸중으로 쓰러졌다는 소식을 들었다.
재활을 시작했다기에 문득 그때의 어르신을 떠올렸다.
이제는 어르신에게 자신을 비춰 볼 나이가 되었다.
내 딸에게 짐이 될까 걱정할 처지가 되었다.

토리야!
하지 마!

...라고 했는데 나 어느새 앉아 있다.

뭘로 드릴까요?

커피 생각 없는데...

엇, 줄이!
토리야.
안 돼!

냥

툭

왈왈

...라고 했는데

나 어느새
커피 마시고
있다!

커피 한잔 하고 가세요.

커피샵 냥이였구나.

왈 왈

커피 맛 괜찮죠?
저녁 때 오시면
수제맥주도 있어요.

커피 맛 좋네요.
맥주 마시러 또 올게요.
잘 마셨습니다!

아유. 죄송해요.
줄이 끊기는 바람에...
다음에 놀러 올게요.

왈
왈

...하고
일어나려는데

나 어느새 한 시간째
수다 떨고 있다!

헉헉

냥

뭐지, 이 흡입력은?!

강아지와 산책을 하고 있었는데
갑자기 잔디밭에 뒹굴기 시작했다.
너무나 행복한 표정이라 말릴 수가 없었다.
강아지 키운 경험이 많은 분들 말로는
고양이 똥이 있었을 거라고 한다.
개들에게는 고양이 똥이 명품 향수 같은 거라네.
너무 좋아서 자랑하려고 잔뜩 묻히는 거란다.
(생선 썩은 것과 토끼 똥에도 반응한다고...)

때론 낯선 것에 끌리는 그런 느낌일까?
예상치 못한 곳에서 취향저격을 당하는?
하긴 나도 전에 그런 일이 있었다.
사무실 근처에 아주 허름한 식당이 있었는데
주로 어르신들이 오셔서 끼니도 해결하시면서
막걸리도 한잔 하시는 그런 곳이었다.
전혀 들어갈 생각이 없던 집이었는데
굵은 소나기가 쏟아져 일단 들어가 백반을 시켰다.
와~ 그렇게 맛있는 계란말이는 처음이었다.
겉은 바삭하고 안은 촉촉하고...

무심코 골목 하나를 돌아서면
또 무엇이 우리를 기다리고 있을지 알 수 없다.
잔뜩 묻혔다가 자랑하고픈 게 있으면 좋겠는데...

아빠를 그만둔 건 아니잖아.

요즘은 사회가 많이 달라져서
나이라거나 가족에 대해서는 서로 묻지 않게 되었다.
좀 친해지면 자연스럽게 묻게 되기는 하지만
예전처럼 다짜고짜 신상명세부터 물었다간 큰일날 일이다.

이혼도 많이 대중화가 되어서?
아무튼 전보다 하는 사람들도 많은 것 같고
예전처럼 굳이 쉬쉬하는 것 같지도 않고 말이야.

가족이 해체되는 것이 아니라
가족의 형태가 다양해진다고 봐야 하겠지?
가족이 되기로 한 이유가 다양해지고,
가족이 모여 사는 방식이 다양해지고,
가족이 흩어지는 방식까지 다양해지고 있으니까.

하지만 변하지 않는 것도 있을 거야.
원래 가족이라는 게 어딘가 끈적끈적한 사이인데
그래서 좋기도 하고, 그래서 질리기도 하는 건데...
어찌어찌 떨어져 지낸다고 해서
그 끈적끈적함이 쉽게 가시지는 않겠지.

40. 아빠끼리 2

주변에 이혼한 사람들이 부쩍 늘어서
이혼하는 과정이나 그 뒷얘기를 제법 듣게 되었다.
우리 부모님 세대에서 이혼은
'자식들 공부 다 가르치고 나면'이라거나
'자식들 결혼시키고 나면'처럼
자식을 매개로 하는 시한이 있기 마련이었지만
요즘은 그런 것에 구애받는 사람들은 별로 없는 것 같다.

떨어져 있어도 부모가 상의해서 아이를 키울 수 있는
다양한 방법들이 생겨나기도 했다.
한 친구의 경우에는 아이 양육을 위한 단체 대화방을 만들어
처음에는 부모끼리만 대화를 했는데
양쪽 할머니에 고모, 이모, 삼촌들까지 참여가 늘어나면서
정보도 공유하고 필요할 때 시간이나 돈을 분담한단다.
('○○페이'로 쏴 주세요!)

처음에는 숫자가 늘면 싸움이라도 나지 않을까 걱정했는데
의외로 건조하게 잘 굴러간다고 한다.
회사 부서의 단체 대화방 같은 느낌이라나?
물론 이건 좀 특별한 경우일 수도 있겠지만
이러다 아예 정식 서비스가 나올지도 모르겠는데...?

41. 큰 그림

토리 산책 좀 시키고 와.

나 아직 밥도 안 먹었는데

맥카페 앞길로 다녀와. 그 길이 강쥐랑 산책하기 괜찮더라.

내 말은 듣지도 않음, ㅡㅡ;

맥카페 앞길...

직접 만든 수제맥주도 팝니다.^^

카페에서 수제맥주를? 담에 꼭 와야지.

...라고 생각 했는데 나 어느새 들어와 있음.

내가 지금 뭐하는 거야? 토리 데리고 얼른 돌아가자.

...라고 했는데 나 어느새 수제맥주 보고 있음.

어서 오세요.

정신 차리고 집에 가려는데

여기야. 맥주 한잔 해야지?

헐! 당신이 왜 여기에?

나 여기 들어올 줄 어떻게 알았어?

당신은 요 부처님 손바닥 안이지.

나 부처님 손 넘 좋아.

활미의 큰 그림 성공.

서로 너무 잘 아는 거다.
믹스커피야 그냥 물만 부으면 될 것 같아도
이게 또 사람마다 자기만의 스타일이 있는데
아무래도 한집에서 같이 살아온 사람이라면
귀신같이 입맛을 맞추는 것은 기본이고
달라는 소리도 하기 전에 물을 끓이는 거다.

라면 얘길 뺄 수가 없지.
라면도 봉지 뒤에 적힌 대로 끓이면 될 것 같지만
식구 수대로 취향들이 다르거든.
면이 쫄깃하다 못해 덜 익혀야 좋다는 사람도 있고
푹 퍼져서 호물호물거려야 좋아하는 사람도 있고
파를 미리 넣을 건지 나중에 올릴 건지
계란을 풀어서 넣을 건지 통으로 올릴 건지
식구들끼리는 설명할 필요가 없거든.
서로 너무 잘 아니까.
아니 잘 알게 되었으니까.

그렇다고 매번 통하는 건 아니다.
때론 사인을 잘못 읽을 때가 있으니까.
사인은 잘 읽었는데 손이 배신할 때도 있고...
그럴 땐 그런대로 넘어가는 거지 뭐.
큰 그림이건 작은 그림이건
그려 가면서 맞추는 게... 가족 아니겠어?

42. 어시스트

카페에 수제맥주도 있으니 좋네요.

빵보다는 서브로 팔던 잼이 더 잘 나가더라는...

처음엔 수제맥주 파는 '맥줏집'이었거든요.

하긴 축구에도 기막힌 어시스트가 골보다 더 멋질 때가 있지요! 하하하...

자기 합리화

그런데 서브로 팔던 커피가 흥해 버려서 '맥카페'로 바뀌었다는...

그래도 수제맥주의 고정팬들은 여전히 있습니다!

쭈욱

예전엔 빵집도 했는데

나한테는 수제맥주가 손흥민이여!

그럼 커피는 박지성?

"OK! 계획대로 되고 있어!"
한동안 유행했던 노래가사였지만
원래는 만화 주인공들이 즐겨 하는 대사였을 것이다.
뭔가 망하는 상황으로 흘러가다가 막판에 역전을 하면서
"사실 이 모든 것은 처음부터 계획된 것이다!"

하지만 실전은 다르다.
만화나 영화에서 "계획대로다!"가 나온다는 것은
그만큼 현실에서 계획대로 되는 게
무척이나 힘들기 때문일 것이다.

차마 부끄러워 디테일은 밝힐 수 없지만
중고등학생 때 내게는 나름 인생 계획이 있었다.
어디를 가서, 어디를 다닌 다음, 무엇이 되겠다는 것이었는데
지금 조금이라도 적고 싶지 않을 정도로 말도 되지 않았다.
그리고 지금의 나를 본다면 '요만큼'도 계획대로 되지 않았다.

말도 안 되는 계획을 세운 것이 부끄럽다.
비록 그때는 진지했더라도 말이다.
그나마 그 계획을 위해 뭐라도 좀 했는가 하면
쓸데없는 것만 잔뜩 한 것 같아 어깨가 축 처진다.
그래도 게으르지는 않았다고 생각하지만...
이러다 계획마저 세우지 않는 어른이 될까 조금은 두렵다.

아, 좋~네!

이 집 수제맥주 나름 괜찮은데?

맥 CAFE

뭐야. 불친절해.

맥주 몇 캔 더 사 가자!

장수슈퍼

또 오버한다! 계란만 사고 갈 거야.

표정 봐. 좋던 기분도 확 나빠지겠네. 열심히 해도 모자랄 판에. 장사를 하겠다는 건가.

띠 띠

안녕하세요~ 계란 어느 쪽에 있죠?

나 이 가게 또 오고 싶지 않아.

김씨~ 소주 한 병.

까 딱

...!

집 근처에 편의점 있는데 왜 여기까지 와?

정 붙어서. ㅎㅎ

이 가게가 이 동네에서 가장 오래됐잖아.

조금 오래된 주공 아파트에서 살았었다.
아파트 입구에 있는 상가 1층에는
비슷한 크기의 슈퍼가 세 개나 있었다.
가까운 곳에 대형마트가 없었고 편의점도 많지 않아서
슈퍼 세 집이 나름 공존하며 지내고 있었다.

동네 슈퍼가 그렇듯이 다들 비슷했지만
한 집은 문방구를 겸하고
다른 한 집은 과일이나 반찬거리도 가져다 놓았고
나머지 집은 배달을 적극적으로 하면서
나름의 특색에 따라 단골들도 있고 그랬다.

버스 몇 정거장 거리이기는 했지만 대형마트가 들어왔다.
옆 단지에는 대형마트에서 운영하는 슈퍼가 생겼다.
갑자기 편의점이 늘어나기 시작했다.
이래도 될까 싶을 정도로 편의점이 다닥다닥 붙어 있었고
그 중 몇 집은 문을 닫더니 새로운 편의점으로 바뀌곤 했다.
택배 트럭도 열심히 다니며 물건을 실어 나르기 시작했다.

슈퍼 세 개가 하나로 줄어드는 데는 오랜 시간이 필요하지 않았다.
그나마 남은 한 곳도 한 번 문을 닫았다가 새 주인이 온 곳이다.
세상이 진보하면서 변화하거나 없어지는 것들이 있다.
우리 같은 개인들이야 그 흐름 앞에서 무얼 할 수도 없겠지만
그렇게 또 익숙한 것들이 하나씩 사라져 가고 있다.

어서 오세요~!
채소 싱싱합니다!

과일이 안 나가는데
정리해야겠어.

저 집 친절하고
식료품들도
괜찮아.

아드님 합격
하셨다면서요?
이거 축하 서비스!

야채도 안 된다.
빼자...

아빠.
좀 웃어!

오던 손님도 나가겠다!

아버지는 남대문시장에서 가방 도매를 오래 하셨다.
어렸을 때 방학이면 가게에 따라 나가기도 했었는데
가게를 가득 메운 가죽 냄새가 나쁘지 않았다.

아버지의 주력 상품은 '007 가방'이라는 별칭으로 불렸던
가죽이나 합성수지로 만든 네모난 서류가방이었다.
단체로 007 가방을 맞추러 오는 사람들도 있었는데
대기업에 공채로 취직한 동기들이 기념으로 가방을 맞추거나
ROTC라고 군사훈련을 받는 대학생들도 단골이었다.

시간이 지나면서 007 가방을 찾는 사람들도 줄어들었다.
대기업에서 한 번에 사람을 많이 뽑는 문화도 사라졌고
서류가방을 들던 사람들이 등에 가방을 메고 다니기 시작했다.
그나마 서류가방을 찾는 사람들은 비싼 명품을 찾으니
남대문이나 동대문시장의 물건들이 설 자리는 더 없었다.

아버지는 다른 분에게 가게를 넘기고 은퇴하셨다.
공교롭게도 가게를 정리한 직후에 이른바 'IMF 사태'가 터지면서
그 전에 그만두기를 잘했다는 얘기도 하셨지만
새벽에 나가 저녁 늦게 들어오시던 분이 갑자기 집에만 계시려니
너무 답답해하시던 것이 기억난다.

시대가 변하고 유행이 달라지는 것은 어쩔 수 없다.
나이가 들어 힘에 부치는 것도 어쩔 수 없다.
하지만 그게 우리 가족일 때는 수긍하기가 쉽지 않다.

식빵하고 우유 좀 사 와.

네.

Smile 24

어? 슈퍼가 언제 편의점으로 바뀌었지?

어서 오세요~!

뭔가 어색해...

빵이랑 우유요.

네~

우유가 넘어지면 어떻게 되게요?

'아야'요.

아, 아시는구나...

언제적 개그냐.

아빠 이걸로 연습해.

그렇지! 좀 더 밝게. 즐거운 생각도 좀 하면서.

웃는 것도 연습해야 돼, 아빠.

한 동네에서 오래 지내다 보니 작은 변화도 크게 다가온다.
우리는 좀 한적한 동네에 살고 있는데
동네에서 가게를 하시는 분들도 대개 동네 사람들이다.

오랫동안 문방구를 하시던 사장님은
인터넷으로 문구를 주문하고 학교에서 직접 교재를 주자
문방구를 만두집으로 바꿔 보았다가
지금은 프랜차이즈 빵집을 하고 계신다.

편의점을 열며 미끼라며 로또 기계를 놓았던 사장님은
로또가 더 잘되었는지 아예 로또 전문점으로 바꾸었다.
몇 등이 나왔다는 현수막도 가끔 붙던데
생각난 김에 이번 주엔 로또를 좀 사 봐야겠다.

집에서 제일 가까운 단골 약국이 있었는데
어제 들러 보니 약국은 그대로인데 주인이 바뀌었다.
그 전에 약사님은 10년 넘게 한 자리에 계셨는데
갑자기 사람이 바뀌니 들어오는 사람마다 어색해하더라.

상가 2층에 있던 이발소는 끝내 문을 닫았다.
나이 지긋하신 분이셨는데 힘에 부쳐서 닫으셨다고 들었다.
얼마 전 들러 보았더니 이발소 있던 자리가 아직 비어 있었다.
요즘 경기도 좋지 않고, 2층 구석 자리라 그런 것 같기도 하고...
단골 이발소 자리가 비어 있는 모습에 기분이 좀 그랬다.

46. 전기차

이미 대중화된... 건가?

일본에 살고 있는 친구를 보러 갔다.
친구가 일하러 나간 사이에 동네 시장을 둘러보는데
어렸을 때 쓰던 낯익은 물건들이 눈에 띄었다.
누런 주전자, 뜨거운 물을 넣는 은색 통, 갈색 잔처럼
한국에선 유행에 밀려 사라진 물건들이
그곳에서는 아직 현역으로 팔리고 있었다.

언제부터인지는 모르겠지만
한국은 유행에 민감한 나라가 되었다.
한국에 와 본 외국 사람들 말로는
자기네 나라에는 소수가 유행의 첨단을 달리는데
한국에선 거의 모든 사람들이 유행을 탄다는 것이다.

특히 내가 알고 있는 외국인 친구들은
IT 기기나 서비스에 대해서만큼은
확실히 한국 사람들이 세계 최고라고 한다.
새로운 것을 꺼리지 않고 일단 써 보기 시작하고
적극적인 피드백으로 개선해 나간다는 것이다.

어렸을 때는 '빨리빨리'가 한국인의 단점을 뜻했지만
인터넷 시대에선 그 '빨리빨리'가 한국인의 장점이 되었다.
이 빠른 속도가 우리를 어디까지 데려갈 것인지
이왕이면 제대로, 좋은 곳에 닿기를!

어쨌든 영업은 하고 있습니다.

딸아이한테서 요즘 '친구에게 영업한 얘기'를 들었다.
아저씨들이 알고 있는 영업이란 모르는 회사를 찾아가서
우리 물건을 써 달라고 열심히 설명을 하는 것인데
우리 딸이 했다는 영업도 맥락은 비슷해 보였다.
자기가 좋아하는 콘텐츠나 엔터테이너를 열심히 소개해서
팬을 늘려 나가거나 시청자 투표 같은 것에 동참시키는 것이다.

어른들의 영업이 수요와 공급을 맞추는 것이라면
딸아이가 말하는 영업은 감성과 취향의 영역이었다.
'덕통사고'라는 얘기도 들었는데 갑자기 차에 치이듯
뭔가 꽂히는 것이 있어 팬이 되는, 또는 덕질을 시작하는 것이다.
영업한다는 것은 덕통을 이끌어야 하기 때문에
어른들 영업하듯 이익을 설명해서 되는 것은 아니며
상대방의 취향과 나의 덕심이 닿도록 섬세한 접근이 필요하다.

'입덕한다'거나 '영업한다'는 말이 요즘에 생긴 것이지
우리 아저씨들도 돌아보면 이미 비슷한 것들을 하고 있었다.
학생 때 헤비메탈을 좋아하던 친구가 들어 보라며 테이프를 주었는데
요즘이면 간단하게 파일을 클릭해서 이뤄질 일을
그때는 카세트 기계 두 개를 연결해서 일일이 손으로 눌러야 했다.
(라디오 들으면서 타이밍 맞춰 녹음하던 얘기까지 하면 그렇겠지?)

내가 좋아하는 것을 너와 나누고 싶다는 마음일 수도 있고
내가 응원하는 이들이 더 잘되도록 돕고 싶다는 마음일 수도 있고
아무튼 오늘도 열심히 영업하고 있습니다.

48. 영업중 2

퇴~ㄱ...

고객님. 어서 오세요.

전화 문자 딱 한 통이면 됩니다. 1분도 안 걸려요.

일하시느라 많이 피곤하시죠? 잠시만 시간 내 주시면 짧게 끝낼게요.

이런 황금 같은 기회는 자주 오지 않습니다. 복 받으신 거예요.

문자 보내는 데 어려움이 있으면 바로 연락주세요.

따님에게 점수를 못 따 허덕이고 계시죠? 지금 절호의 기회가 있는데요. 사진 속 이 사람 정말 대단한 사람이거든요.

잘 부탁드립니다~

이 사람이 뽑히면 따님이 한 1년은 행복해진다네요? 요때 버튼 하나면 딸의 점수가 10콤보 와르르!

우리 딸...

프로듀스 100

민혁 오빠♡

문자투표 #1022

010-xxxx-xxxx

영업사원 다 됐네.

아저씨들이 득실득실한 야구 커뮤니티에 여고생들이 나타났다.
여고생들은 아저씨들에게 거부할 수 없는 제안을 한다.
이번 프로야구 올스타 투표에 힘을 보태줄 테니
대신 '우리 오빠들' 노래를 스트리밍해 달라는 것이었다.

효과는 바로 나타났다.
우리 팀 선수들이 올스타 투표에서 치고 올라가기 시작한 것이다.
감격한 아저씨들은 낮이고 밤이고 오빠들의 노래를 듣기 시작했다.
어떤 집에서는 "아빠가 우리 오빠 노래를 듣는다!"고 칭찬받았지만
불행하게도 "우리 아빠가 배신자!"라며 혼난 집도 있었다고 한다.

'영업한다'거나 '영업당했다'는 표현은
'덕후'라 불리는 세계에서 돌던 말이었는데
어느덧 대중문화의 영역으로 올라오더니
한 아빠의 운명에 영향을 주는 사회적 거래가 되었다.
팬들이 직간접으로 시스템에 영향을 주는 시대이다 보니
단지 내가 좋아하는 사람을 소개하는 차원을 넘어서
보다 적극적으로 흐름을 만들어 가려는 '영업'이 시작된 것이다.

최근 트로트 오디션 프로그램이 인기다 보니
사방에서 몰려드는 영업 제안이 숨 가쁘게 펼쳐졌다.
아내의 성화에 투표를 하니 바로 어머니와 장모님이 제안을 하고
평소 사이가 좋지 않던 직장 동료까지 부탁을 해 왔다나?
(물론 다 들어 준다고 하고는 내가 좋아하는 가수에게 투표를...)

독한 미식가야!

최근 이혼을 하고 혼자 살게 된 지인 얘기다.
집에서 저녁밥을 직접 챙겨 먹는 경우가 많은데
가스를 켜서 요리하는 일은 거의 없고
전자레인지를 돌리는 일이 잦다고 한다.
요즘은 미리 조리해 놓은 음식들이 워낙 다양해져서
냉장고 가득 채워 놓고 그날그날 조합을 달리한다는 것이다.

한번은 그 친구 집에서 저녁을 같이하게 되었는데
특이하게도 전자레인지를 두 개나 놓은 것을 보게 되었다.
하나를 데우고 다시 하나를 데우는 동안 식는 경우가 있어서
아예 전자레인지만 두 개를 갖다 놓았다는 것이다.
먼저 데워 놓은 음식이 식는 시간까지 고려해서
포장지에 쓰인 시간보다 몇 분을 더하거나 빼서 돌리는
자신만의 시간차 공격 스킬까지 보여 주었다.

밥을 먹는 것은 매우 개인적인 일이면서
혼밥을 할 때조차도 사회적인 행위가 된다.
밥을 먹는 것은 생존을 위한 에너지를 채우는 일이면서
수치로 잴 수 없는 안정감을 채우는 과정이다.
우리는 살아가면서 수많은 밥을 먹는다. 먹어야만 한다.
여럿이 함께 먹는 날도 있고 혼자 먹는 날도 있다.
공장에서 만든 음식을 전자레인지에 돌리는 것도
그렇게 하루를 채워 나가는 새로운 방법이다.

50. 기억나?

휴~ 이제야 이사 정리가 끝났네.

ㅋㅋㅋ 겨운이 발레옷 입고 뭐 하는 거야~

어머. 가족앨범 오래간만이네...

여보. 손톱깎기 어디다 뒀어?

당신...

ㅋㅋㅋ 다운이 방울 나온 것 좀 봐!

기억나?

훌쩍

아이고~ 아빠 면도해 주네. 기특한 것!

내가 뭘 잘못 했더라?

움찔.

가족은 추억을 쌓아 가는 사이다.
가족의 밀도는 매순간 어떤 기억을 남기는가에 달려 있다.
가족이란 시간을 따라 그 거리가 점점 멀어지게 되지만
밀도 높은 추억을 공유하는 것으로 연결되어 있다.

어려서는 좁은 방에서 부대끼며 살았던 가족들도
나이가 들면 명절 때나 가끔 만나는 사이가 된다.
가족이라고 해서 꼭 친하고 통하는 것은 아니다.
함께 시간을 보내기로는 직장 동료들이 더 그렇고
말이 통하기로는 또래 친구들이 더 나을 것이다.
인터넷 동호회를 통해 알게 된 얼굴도 모르는 사람에게서
더 강한 유대감을 느낄 수도 있다.

하지만 추억을 공유하는 순간 마법처럼 가까워진다.
어릴 때 있었던 '흑역사'부터 하나둘 꺼내기 시작하면
마치 압축해서 복사해 놓았던 이미지로 컴퓨터를 복원하듯
특정한 시점으로 함께 이동해서 끈끈해지는 것이다.
어려서는 그렇게 서러웠던 부모님의 처사조차도
이제는 "그땐 그랬지."로 웃어넘길 수 있는 것이다.

추억은 가족을 결합하는 강력한 원천이지만
기억이라는 것이 개인마다 다르게 새겨지는 것이기에
때론 소소한 복원 오류가 나기도 한다.
서로 기억하는 추억이 달라 목소리가 높아지기도 하지만
그런 시끌벅적도 우리 가족의 새로운 추억으로 더해진다.

후후후… 나는 터득했다.
게임기 없이 게임하는 방법을.

어른들은 보이는 것만 보거든.
뭔가 끄적거리면 공부하는 줄 안다니까?

나는 게임을 공부했다. 열심히!
나는 게임을 떠올렸다. 온종일!

이제 나는 인간 공략집! 그 자체.
후후후… 그런데 왜 눈에 습기가…

8살때
종이로 만든
게임기

차마 말하지 못했다.
게임을 잘하고 싶어서
격투기를 배우러 왔다고···

몇 가지 기술만 배우고 갈 셈이었는데
어라? 몇 년이 훌쩍 지났네?

아직은 비밀이다.
도장에서 배워 게임을 하는 게 아니라
게임에서 배운 걸 도장에서 해 보고 있다는 걸.

아직까진 성공을 못했다는 게 함정.

똑같은 재료를 가지고
정확하게 같은 과정을 거쳐도
늘 조금씩 다른 맛이 나와요.

그래서 푹 빠졌어요.
세상에 하나뿐인 맥주를 만들고
다시는 돌아오지 않을 맥주를 맛보죠.
진정한 의미의 한정판!

어차피 우리 인생도 한정판… 이겠죠?

내가 괜히 아빠 등 떠밀었나 싶었어.
아빠 계속 벌어야만 하는 것도 알지만
편의점 내느라 빚도 새로 졌잖아.

아빠 나이에 편의점은 무리일까?
못난 자식 도움 못 되는 것도 속상해.

언제부터였을까?
아빠가 웃지 않게 된 게.
아니, 웃지 못하게 된 게…

어제만 했더라도 친구는 맥주를 시키지 않았을 것이다.

아니, 못했겠지.

누군가 맥주를 시켰다면 부러워하고 말았겠지.

하지만 오늘은 할 수 있다.

퇴직 처리가 완료되어 회사로 돌아가지 않아도 되니까.

아니, 돌아갈 곳이 없어졌으니까.

그날 함께 마셨던 맥주 맛이 가끔 입가에 떠오른다.

시원하면서도 쌉쌀했던 그 맛이...

51. 공부하려는데

흉~ 공부 다 했으니 게임 한 판만...

또 게임해?!

지금까지 공부 했어~ 잠깐 쉬려고...

과제는 거의 다 했으니 게임 한 판만 해야지.

도대체 과제는 언제 할 건데?

거의 다 했어!

진짜 억울해. 내가 하루종일 게임만 하는 것도 아닌데!

완전 공감 쩐다. 다운이 너는 어때?

시험 공부는 거의 다 했으니 잠깐 브레이크 타임을 가져 볼까.

또 게임! 공부는 언제 할 거야!

게임 열자 마자

시험이 코앞인데! 게임 얼른 꺼!

넵!

당장 공부 시작해!

오케이.

할 일은 제대로 끝내고 게임을 해~!

접수!

알았어?

알았심더.

프론데?

그렇다고 억울하지 않은 건 아니야.

변명하지 말자.
미안한 일을 했을 때는 그냥 미안하다고 하자.
굳이 '그렇지만'이나 '왜냐하면'을 붙이지 말자.

간단하지만 실천하기는 쉽지 않다.
하지만 해 보면 알 수 있다.
생각보다 쓸모 있는 인생의 팁이라는 걸.

물론 억울한 마음이 사라지지는 않는다.
옳고 그름이 분명하게 밝혀지지도 않는다.
그저 더 큰 싸움으로 번지는 것을 막아 준다.
그것만으로도 훌륭하다.

52. 반응

엄마와 다운이 사이의 게임 트러블 발생.

또 게임해?

정다운! 또 게임 하는 거야?

반응1. 분노.

도대체 공부는 언제...!

반응 3. 생존력.

으이그. 정말!

샥

당장 꺼!

응.

할 일 부터!

응.

반응2. 감탄.

엄마의 공격에 침착한 저 모습. 다 컸네. 우리 아들...

반응 4.

괜찮아?

위로.

아이를 여럿 키우는 집이라면 잘 알 것이다.
하나를 야단치고 있으면 바로 반응이 온다는 것을.

너의 불행은 나의 행복이라며 즐거워하다가
아예 옆에 와서 미처 적발하지 못한 죄상을 적극 제보한다.
얄미운 형제나 자매가 더 혼나는 이득이 있는 반면,
고자질한다고 오히려 혼이 날 위험도 있다.

야단을 치고 있는 옆에 살며시 다가와서는
괜히 그림책을 읽거나 장난감을 정리하면서
나는 잘하고 있다는 것을 굳이 어필하기도 하는데
부모 입장에서야 속이 빤히 보이는 행동이다.
일단은 긍정적인 효과가 있으니 두고 보는 쪽이 많지만
야단을 치다가 화가 치밀어 괜히 불똥이 튈 수도 있다.

고자질이나 착한 척도 그나마 어렸을 때 이야기고
나이가 좀 들면 사정권에서 벗어나기 위해 은신을 한다.
부모들의 나쁜 습관 중에는 야단을 치다가 발동이 걸려서
이미 한 번 혼이 났던 옛날 일을 끄집어내거나
모든 가족을 소환해서 단체로 혼을 내는 것도 있으니 말이다.

대한민국엔 연좌제도 금지고 일사부재리의 원칙도 있는 데다가
화가 화를 불러일으키는 것은 교육적으로도 별로고
무엇보다 부모 건강에도 좋지 않으니
일단은 낮은 목소리로, 최대한 짧게... 부탁드려요.

53. 딱 한 판만?

엄마의 오해에도 난 침착하게 한 점 부끄럼 없이 최선을 다해 공부했어!

자신과의 약속을 잘 지키는 사람이 진정한 남자지.

고로 나는 게임을 즐길 자격이 있어!

아. 술 땡겨.

아들! 오늘 우리 누가 더 남자답나 겨뤄 볼까?

꼬르럭

딱 한 시간만 하고 자자.

오!

내가 진 건가.

좋아. 나도 딱 한 캔만 먹고 자자.

헉. 어느새!

비긴 걸로.

어디까지나 개인적인 경험에서 하는 얘기다.
인간이 결코 이길 수 없는 것들을 말하고자 한다.

인간은 결코 뷔페를 이길 수 없다.
이것부터 먹은 다음 저것을 먹자는 식으로 계획을 세워도
늘 목표한 접시를 채우지 못하고 나오는 것이다.
혹 무리해서 목표를 채우는 데 성공을 하더라도
오히려 속에 탈이 나서 고생을 하는 식이다.

인간은 결코 게임을 이길 수 없다.
여기까지만 해야지 아무리 다짐을 해도
정신 차려 보면 몇 시간 뒤로 순간이동이 되어 있다.
그렇다고 재미가 있었느냐 하면 그것도 좀 애매한 것이
몇 시간 정신 못 차릴 정도면 그냥 관성으로 가기 때문이다.

인간은 결코 입이 심심한 것을 이길 수 없다.
나는 술을 잘 못 마시기 때문에 남들처럼 술에 지지는 않지만
그 술을 즐겨 마시는 탄산음료로 바꾸면 바로 항복이다.
입에서 그 달달하고 톡 쏘는 맛이 떠오르기 시작하면
어떻게든 털어 넣어야 하고, 다시 다음 잔을 들고 있는데
술을 좋아하는 친구 말로는 자기와 술이 그렇다고 한다.

뭐든 적당히 즐기면 그만이겠지만
이 '적당히'가 늘 적당하지 않은 게 문제다.
언제쯤 적당해질 수 있을까...?

54. 나도 그랬지

아빠 미워!

그래... 나도 그랬잖아. 그런데도 다운이를 이해 못한다는 건 말이 안 되지.

성적은 엉망인데 만화책이나 보고 앉았고!

다운이에게 내 경험을 얘기해 주고 다운이의 마음을 헤아려 주자.

아빠. 안 돼! 그거 친구 거란 말야!

또 게임을 해?!

당장 꺼!

어려서 부모님께 혼이 날 때면
그것도 억울하게 야단맞았다고 생각할 때면
나는 커서 그러지 않겠다고 마음먹곤 했었다.

나 어릴 때 생각하면서 아이에게 공감하려 하지만
어째 갈수록 그때 우리 부모님도 이런 기분이었나 싶으면서
오히려 어른들 마음에 공감하게 되는 것은... 왜일까?

"커서 꼭 너 같은 자식 낳아 봐라!"
절대로 하지 않겠다고 생각했던 대사를 하게 된다.
음... 이렇게 되지 않겠다던 어른이 되고 말았다.

55. 전문가의 조언

요즘은 게임회사에서 게임을 무료로 배포 하잖아요.

네.

게임회사들은 이것을 이용해 돈을 버는 겁니다.

그렇군요.

하지만 무료로는 게임을 절대 클리어할 수 없도록 설계하거든요. 게이머들은 결국 돈을 쓰게 되죠.

아.

그럼 아들에게 어떤 조언을 하는 것이 좋을까요?

그리고 게이머들이 게임을 클리어했을 때 짜릿해하는 것이 아니라

무료게임 말고 패키지게임 하라고 하세요. 가격은요...

샥

아

게임을 클리어하기 직전 실패했을 때 도파민이 나오면서 짜릿함을 느끼게 되는 거죠.

듣고 보니 그렇네요!

어우. 위험했어...

지인이 새로운 직장에서 일을 시작했다.

경력도 인정받고 급여도 올라서 좋았지만 일이 고되었다.

'나에게 주는 선물' 느낌으로 게임기를 장만했지만

그나마 집에 가면 녹초가 되어 진득하게 할 시간이 없었고

아들 녀석이 옳다구나 게임기를 꿰찼다는 것이다.

집에 있는 TV가 좀 작은 편이어서

고화질 TV에 맞춰진 게임기 자막도 잘 보이지 않았단다.

아내에게 TV를 바꾸자고 했다가 면박만 받고는

나와 둘이서 머리를 맞대고 논리를 개발했다.

아빠의 게임엔 야박한 아내도 아들의 교육엔 민감하다.

마침 아들은 학원을 끊고 인터넷 강의를 듣기 시작했다.

작은 TV로 인터넷 강의를 보면 몰입도가 떨어진다.

커다란 TV로 바꿔 선생님을 실물 크기로 볼 수 있다면

마치 강의실에 앉아 개인 지도를 받는 느낌이 될 것이며

따라서 성적도 쑥쑥 올라...

결과는?

씨알도 먹히지 않았다고 한다.

괜히 아들 앞에서 혼났다고 한다.

(미안합니다...)

56. 사회성 1

영어수업.

정다운! 전학생이지?

지는 노래를 잘 못해서...

노래해 노래해!!

나와서 영어로 자기소개 해 봐!

헉

선생님. 그냥 진도 나가요~!

에이

뭐야

My name is... Down Jung... Nice to meet you. Thanks...

끝이야?

네.

알았다. 들어가라. 요즘엔 사회성이 없는 애들이 너무 많아 큰일이야.

그럼 분위기 살려 노래 한 곡 어때?

헐

오

Chapter 6!

휴~ 덕분에 살았네.

응

갑자기 노래하는 게 사회성인가요?

어렸을 때부터 고역이었다.
대뜸 노래하라고 시키는 것 말이다.
지목을 받았는데도 쭈뼛거리고 있으면
분위기를 망쳐 모두를 힘들게 만든 죄인이 된다.
정작 힘든 것은 지목 당한 나인데도 말이다.

노래 한 곡 정도는 준비해 두어야 했다.
조난을 대비해서 비상식량을 마련하듯 말이다.
노래를 고를 때도 대략 답은 정해져 있었다.
평소 조용한 노래를 좋아했어도 일단 신나는 걸 불러야 한다.
무겁거나 지루한 노래라면 그것도 분위기를 깨는 거니까.

남들 앞에서 노래를 부르는 것보다 더 힘든 것은
'그깟 노래 한 곡 부르는 게 뭐가 힘드냐?'는 다그침이다.
무조건 밝아야만 좋은 사람인 걸까?
무조건 분위기를 띄워야만 모두를 위하는 걸까?
나는 규칙을 잘 지키고 타인과 부딪히지 않으려는 사람이다.
앞에 나가서 노래 부르는 것 하나로 평가받을 이유는 없다.

요즘은 앞에 나와 노래를 시키는 일은 줄어들었다고 한다.
아마도 노래방이 생기면서 그렇게 되지 않았나 싶다.
대신에 춤을 추기 시작했지? 이름하여 댄스 신고식.
그래, 쉽게 놓아 줄 리가 없지...

김선생님 반에 전학 온 애 밀인데요.

네. 다운이요?

걔 사회성이 너무 부족해 보이던데...

아, 그래요?

그런 아이일수록 이것 저것 다양하게 시켜 봐야 해요.

그렇군요.

적극적으로 유도 좀 해 주시고 관심 많이 가져 주세요.

신경 써 주셔서 감사합니다.

헉. 내 얘기를.

종례시간에 담임한테 얘기 좀 듣겠네.

종례.

모두들 오늘 별일 없었지?

네!

OK! 내일 보자!

헉

네

선생님. 감사합니다!

급훈

Let it be

내가 중고등학교를 다닐 때는
영어를 위해 비틀스의 노래들을 공부하는 게 유행이었다.
비틀스의 노래들에 쓰인 문장들이 기본적인 것이 많다며
영어 시간에 숙제로 내 줄 정도였다.

선생님들마다 과제는 좀 달랐지만
노래를 귀로 듣고 영어로 가사를 적어 보거나
영어로 된 가사를 보고 우리말로 해석을 하거나
또는 노래가사에서 문법을 찾아보는 식이었다.

내 경우엔 선생님이 임의로 영어 가사를 나눠주시고
방학 동안 우리말로 해석을 해 오라고 하셨는데
그때 받아든 노래가 '렛 잇 비(Let It Be)'였다.

생각이 많아지고 예민해지던 사춘기 시절.
숫기가 없어 사람들 사이에서 힘들던 시절.
숙제로 받아든 노래를 해석하다가 눈물이 주르륵 흘렀다.
렛 잇 비(Let It Be)를 '그냥 내버려둬'로 적고 나니
갑자기 마음을 누르고 있던 무거운 돌이 사라지는 기분이었다.
어려움에 처해 있을 때... 그냥 내버려둬...
암흑의 시간 속에 있을 때... 그냥 내버려둬...

누군가 재치 있는 사람이 '렛 잇 비'를 '내비둬~'로 바꿨다.
"내비둬~ 내비둬. 내비둬~ 내비둬어~"
나쁘지 않다. 아니 아주 맘에 든다.

58. 자신감 뿜뿜

쉬

또 하나는
자신감이 넘친다는
뜻이죠!

팍팍

오~ 토리!
자신감 뿜뿜!
동네 완벽 적응!

팍팍

생활의 참犬!
반려견이 배변 후에
뒷발질을 하는 것은
두 가지 의미가
있습니다.

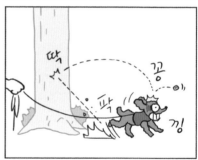

딱

꽁

팍

낑

하나는 자신의
냄새를 퍼트리는
것이고

개쯀보도 뿜뿜!

강아지 키우는 분들 얘기를 들어 보니
비둘기나 참새를 보고 정신없이 쫓아다니는 친구도 있고
새가 있건 말건 그냥 지나가는 친구도 있다고 하는데
우리 집 강아지는 유난히 새들에 반응했다.
특히 비둘기를 보면 정신을 못 차리고 달려들었다.

우리 동네에는 잘 정비된 하천이 있다.
하천 옆으로는 넉넉한 풀밭과 산책로가 있는데
산책을 하다 보면 비둘기 무리를 만날 때가 있다.
때로 비둘기 수십 마리가 모여 있으면
마치 홀로 말을 타고 진격하는 장군처럼 신이 나서 달려가고는
후다닥 날아가는 비둘기들을 보며 의기양양인 것이다.

문제는 하천에서 유유자적 헤엄치는 오리나 원앙들이다.
처음 보는 새인 데다가 날아가지도 않으니 멀뚱멀뚱 보고만 있다.
게다가 우리 동네엔 무슨 기념물인지 백로도 날아오는데
한 번은 바로 옆에서 우아하게 걸어가는 커다란 백로가 있었다.
백로가 그렇게 큰 새인지는 나도 처음 알 정도로 가까웠다.
고개를 돌리는 순간 바로 옆에, 그것도 너무나 큰 백로를 본 순간...
아예 못 본 척하는 게 아닌가? 거기 아무도 없다는 듯이...
자연스럽게 방향을 틀어 백로와 멀어지는 걸 택했다.
오리나 원앙이었으면 구경이라도 했을 텐데...
쫄보 인증.

59. 보고 배운다

꼬미! 하지 마!
겨우 빗질 했는데
흙 묻잖아!

끼잉

왈왈   멍멍

어머, 꼬미야.
왜 그런 걸 따라해?

끼잉

시끄러워!

헐.

생활의 참犬!
개들도 다른 개들을
따라하며 배우기도 합니다.
개들의 사회성 중
하나죠.

이렇게 서로
엮이며 소통하는
거 아닌가?

특히 강아지들은 더더욱.

한동안 사람들 사이에서 '자존감'이 유행했다면
요즘 강아지들 사이에는 '사회성'이 유행하고 있다.

강아지와 산책을 다니는 보호자들은
다른 집 강아지들을 마주칠 때 늘 신경이 곤두선다.
제일 좋은 것은 서서히 다가가서는
서로 냄새도 맡고 냄새를 맡도록 허락해 주는 것이지만
불쑥 급발진을 하고 오는 친구들도 있고
냄새를 맡게 해 주는 걸 배우지 못한 친구들도 있다.

태어났을 때 한동안은 어미와 형제들 사이에서
개들은 어떻게 서로를 대하는지 배우는 게 좋다고 하지만
사람과 함께 지내는 많은 강아지들은
이런 과정을 놓치는 경우가 많기 때문에 문제가 된다고 한다.

제일 좋은 것은 지금이라도 예의를 아는 친구들과 만나면서
서로를 대하는 방법을 배우는 것이라고 들었다.
좋은 걸 배우는 날이 있다면 아니다 싶은 걸 따라하는 날도 있다.
뭐 그건 사람들도 마찬가지겠지만 말이다.

좋은 거라고 강조하니 외려 조급증이 생기기 마련이다.
자존감을 강조하는 분위기에 오히려 사람들 자존감이 떨어졌듯이
사회성을 신경 쓰다 보니 잘하던 사회생활이 점점 부담스럽다.
자연스럽게 다가가자. 여유를 두자. 실패해도 털고 다시 시작하자.
자존감도 그렇고 사회성도 말이다.

60. 제대로 된 사회

녀석이 하도 소극적이라 도움이 될까 이것 저것 시켜보는데 그럴수록 움츠러드니 원...

사회성을 외향성으로 착각하는 사람들이 많은 것 같아.

점점 그렇게 타인과의 관계를 멀리하는 소극적인 아이들이 늘어난다면 어떻겠어?

외향적인 사람도 있고 내향적인 사람도 있는 거지.

함께 으쌰으쌰 하면서 살아가는 게 제대로 된 사회 아냐?!

사회성이라는 이유로 막을 확 밀고 들어오면 너무 무례한 거 아냐?

목소리 커지는 거 보니 술 좀 마셨네. 최선생.

그렇지?

냥

깜빡이는 켜고 들어와야지.

외향성과 내향성은 스위스의 심리학자 카를 융이
마음의 에너지를 어떤 방향으로 쓰는지에 따라 정의했다.
외향성은 사교적이며 에너지가 외부로 향하고,
내향성은 내성적이며 에너지가 내부로 향한다.

신생아를 상대로 타고난 기질에 대해 연구한 것에 따르면
외향성이나 내향성은 거의 타고나는 것으로 여겨진다.
잠들어 있는 신생아들에게 불빛을 비춘다거나 하는 자극을 줄 때
예민하게 반응하면 내향성, 그렇지 않으면 외향성이라는 것이다.

내향적이면 자기만 생각하고 주변을 신경 쓰지 않을 것 같지만
타인이나 주변 환경에서 오는 자극에 민감하고 영향을 받는다.
사교성 좋은 이들은 타인과 쉽게 어울려 더 신경 쓰는 것 같지만
타인이 주는 자극에 둔감하기에 폭넓게 만날 수 있다는 얘기다.

외향성과 내향성이 자신의 뜻과 관계없이 주어지는 것이라면
어느 것이 옳고 그른 문제는 아닐 것이다.
자기가 바라는 방향과 자신의 기질이 맞는다면 맞는 대로 가고
기질과 현실이 부딪힌다면 나름대로 생존방식을 찾을 일이다.

문제는 자신만의 기준을 고집하며 남을 대할 때다.
자신이 사교적이라 해서 무조건 모으려 하고 앞세우려 하거나
자신이 내성적이라고 다른 이들의 사교성을 부정적으로만 본다면
배려한다고 하는 행동이 오히려 새로운 공격이 될 수도 있다.
조금만 존중하자. 깜빡이는 좀 넉넉하게 켜고 들어가자.

아기가 나랑 있을 땐 자주 우는데 엄마만 오면 빙실빙실 한다니까요. 너무 섭섭해...

아빠, 출근 한다니까!

......

지금은 애 우는 것 때문에 힘들지만 나중에는 애 울음에 감동하게 될 걸?

그리고 그 후에는...

출근

아빠~! 가지 마~!

잠깐. 인생 스포일러는 거기까지만요. 그렇게 다 밝히시면...

그러다가 더 크면 또 달려져.

괜찮아. 몇 번을 봐도 감동적인 영화처럼

쩝쩝

휴지통.

대부는 언제 봐도 최고야!

스포일러 해도 육아생활은 매번 새롭거든.

'뱃속에 있을 때가 제일 효자'라는 우스갯소리가 있다.
뭐 이런 말이 있나 싶기도 하지만
갓난아기를 키우던 때를 떠올려 보면 공감하는 분들 많을 것이다.
그때는 아기 우는 소리만 들려도 깜짝깜짝 놀랐으니까 말이다.
아기는 왜 그렇게 자주 깨는지 모르겠고
초보 부모들이라 배고픈 것인지 기저귀인지도 잘 모르겠고
처음에는 울음소리 듣자마자 바로바로 일어나던 것도
누가 먼저 일어날 것인가 눈치게임을 시작하고...
(우리 집만 그랬나요?)

동네 할머니들한테 배운 '축 늘어져야...'가 떠오른다.
아이를 안아서 재우다가 자나 싶어서 바닥에 뉘이면
내가 언제 잤냐는 듯이 다시 쌩쌩해진 경험도 다들 있을 것이다.
할머니들 말씀으로는 아기가 축 늘어질 때까지 기다려야 한다.
좀 무겁다. 아이 몸에 힘이 빠지면서 흘러내린다 싶을 때까지...

우는 아이를 놓고 인터넷도 뒤지고 지인에게 전화도 걸며
어쩔 줄 몰라 하던 초보 부모들이
불과 몇 년 뒤에는 새로운 초보들에게 훈수를 두고 상담을 한다.
인터넷에 밀려 고전하는 TV 프로그램들 중에서도
유독 아이를 키우는 방송들이 꿋꿋하게 버티는 걸 보면
아이를 낳고 키우는, 다들 알고 있는 그 과정들이야말로
인류 최고의 스테디셀러이자 베스트셀러가 아닐까?

꿀꺽
꿀꺽

생수

고속도로 달리다가 큰애가 오줌 마렵다고 난리난 적이 있었지.

슝~
비행기 숟가락이 날아간다~

와

쉬~ 쉬~

자르륵

다행히도 이렇게 위기를 모면했어.

우리 혜지 입속으로 쏘옥! 맛있지?

♪

응!

이렇게 위기를 넘긴 적이 있지.

아빠, 또 아~!

딸내미가 유치원에서 만들어 온 맛없는 음식을 무한으로 먹고 있었는데

와... 저도 얼른 육아 순발력을 키워야겠네요.

아니.

척

일부러 키울 필요는 없어.

휙

뻥

팍

순발력은 저절로 생겨.

144

요즘은 주로 인터넷으로 정보를 얻고 있지만

내가 아이를 키울 때는 책이나 잡지도 한몫을 했었다.

두툼한 육아 서적을 몇 권 갖춰 놓고는

나름 이런저런 준비를 해 보았지만... 확실히 실전은 달랐다.

책에는 열 좀 난다고 당황하지 말라고 하고

섣부르게 해열제를 먹이기보다는 물수건으로 닦아 주라고 하지만

아이는 계속 울지, 체온은 떨어지지 않지,

해열제를 먹이고는 이내 아이를 안고 응급실로 향했다.

그런데 정작 응급실에서도 체온 재고 해열제를 주더라는...

화장실 가라고 할 때는 괜찮다고, 괜찮다고 하더니

꼭 버스 출발하면 오줌 마렵다고, 응가 나온다고 난리가 난다.

그럼 무엇으로 해결했을까? 정답은 그때그때 달라요.

어쨌든 손에 잡히는 대로, 창의성을 발휘하여 해결했다.

때로는 귀인을 만나 도움을 얻기도 하고.

그래도 늘 고마운 것은 아이들에게 관대한 어른들이 많다는 것,

불편한 상황에서도 아이 걱정해 주고 부모 걱정해 주는 분들...

미리미리 알아보고 준비해서 나쁠 것은 없다.

공부해 두면 다 언젠가는 쓸 일이 있는 법이니까.

하지만 처음이라고, 아무것도 모른다고 겁먹을 필요는 없어.

닥치면 다 하게 되어 있다? 맞는 말이다.

처음이 힘들지, 하다 보면 늘게 된다? 지당하신 말씀!

63. 슝슝슝

그 비행기 지금도 날아다니네.

언젠가 직장에서 인턴사원이 조심스럽게 물었다.
그동안 관찰한 바에 따르면 내가 물이나 커피를 마실 때면
한 입 마시고는 꼭 "크~" 하는 소리를 낸다는 것이다.
솔직히 전혀 몰랐다. 내가?
하지만 그 얘길 듣고 나서 살펴보니.... 내고 있었다.
아무래도 사무실에 민폐겠다 생각이 들어서 조심을 해도
방심하는 순간 "크~" 소리가 올라오는 것이다.
뇌가 통제하기도 전에 장에서부터 자동으로...

누군가의 생일이었던 가족 모임에서 비밀은 풀렸다.
아버지를 시작으로 우리 형제들은 모두 "크~"를 하고 있었다.
그런데 아무도 자기가 "크~" 하는 줄은 모르고 있었다.
닮은 얼굴을 하고, 같은 소리를 내는 사람들.
어쩌겠나! 이게 우리 가족인데...

요즘 들어 아내가 가발을 써 보라고 잔소리를 한다.
아버지를 닮아 일찍부터 머리가 훤해졌지만
늘 짧은 머리로 다녔지 특별히 뭘 덮어 본 적은 없었다.
아내의 주장으로는 나이 들어 보여 문제라는 얘긴데
늙어 보이는 게 아니라 그냥 늙은 거라고 설명을 해 줘도
별 소용이 없었다. 음...

아버지의 영향이 크다.
아버지는 딱히 머리를 덮을 생각이 없으셨다.
늘 군인처럼 짧은 머리를 하고 다니셨다.
그래서 나도 크면 그냥 저렇게 되겠거니 해서 넘어갔는데
솔직히 젊어서 관리를 했으면 덜 빠졌을까 생각해 본 적은 있다.
살면서 제법 상처받은 얘기를 하나 꼽자면
"우리 아들은 아버지보다 더 빨리 벗겨지네..."라던 어머니 말씀?

우리 집에서는 대머리에 대한 농담들은 금기가 아니다.
"눈썹을 길러서 뒤로 빗어 볼까?" 같은 얘기들도 가능하다.
어렸을 때 어린이 잡지에 실린 우스개 중에서
"대머리는 어디까지가 얼굴이고 어디부터가 머리입니까?"란 질문에
"세수할 때 손이 닿는 곳까지가 얼굴이지요."라는 답이 있었다.
아버지께서 세수하시길 기다렸다 관찰해 보았더니
얼굴에서 시작한 손이 바로 정수리까지 올라가는 것이 아닌가!
잡지에선 '넌센스 퀴즈'였지만 우리 집에선 '리얼 다큐'였다.
뭐 그랬다고...

65. 흑역사

ㅋㅋ. 나
왜 이랬니.

뭐 이건 가족
앨범이라기보단
세미누드집이네.

너 한동안 공주 드레스
좋아해서 한여름에도
안 벗고 지냈잖아.

헐.

사진들
당장 버렷!

흑역사도
역사지.

헉. 듣고
있었어.

그런데 참 신기해.
오빠는 왜 맨날
벗고 있는 거야.

!

아. 오빠가 누구
닮아서 그런지
이제 알겠다.

'흑역사'는 원래부터 있던 말처럼 느껴지고
심지어 학술용어처럼도 느껴지지만
로봇 애니메이션에서 유래된, 최근에 만들어진 말이다.
원래 극 중에서는 '어두운 과거사'로 쓰였지만
요즘은 '없었던 일로 해 버리고 싶은 과거의 일'로 통한다.

흑역사라면 아무래도 철없는 어린 시절에,
그것도 나는 기억을 못 하지만 다른 가족들은 똑똑히 기억할,
게다가 사진으로 남겨질 확률이 높은 곳,
그러니까 집에서 생겨날 가능성이 크다.
어른이 되어서라도 긴장이 풀리고 편하게 있는 곳에서
흑역사가 생기고 기록될 가능성이 크니
아무래도 가족과 함께 사는 집은 흑역사 박물관이기도 한 것이다.

'가족은 건들지 말자'는 얘기가 있는데...
'가족끼리도' 서로 건들지 않는 것이 좋다.
굳이 흑역사 박물관에서 특별전의 주인공이 될 필요는 없으니까.

66. 최후의 만찬

나만의 노우하우가 담긴 염지액에
닭을 담아 간이 배게 한다.

꼴꼭

특별한 기름 몇 종류를 조합해 만든
나만의 브랜딩으로

쩝쩝

쩝

최고의 궁합, 최적의 기름 온도를 설정

176.2°

이런 명품 치킨을

우리 가게에서
같이먹는 거
처음이지?

네.

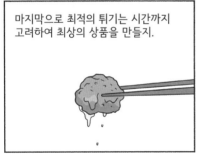

마지막으로 최적의 튀기는 시간까지
고려하여 최상의 상품을 만들지.

럭럭치킨

럭셔리
럭키!

오늘부터
영업 종료
합니다. 그동안
감사했습니다.

가게 문 닫는 날에야 만끽하다니.

프로그램을 짜다가 막히는 부분이 있으면
회사 앞 치킨집 사장님께 물어보면 된다는 농담이 있다.
회사에서 정년을 채우는 것은 이미 사치가 되었다.
고용의 형태가 변화하는 것이 시대적 흐름이라지만
그런 흐름들은 하필이면 내가 헤엄칠 때 밀어닥친다.

조기 퇴직을 하고 치킨집을 차렸던 친구의 초대를 받았다.
치킨집을 닫게 되었으니 정리를 돕기로 했다.
튀김 기계에서 마지막 치킨을 튀겨 함께 먹었다.
이 친구가 치킨집을 차리겠다고 나섰을 때
연습한다고 튀기던 수많은 치킨들을 맛보던 기억이 났다.
그때의 치킨들은 짜고, 싱겁고, 덜 익었고, 너무 타고 그랬는데
마지막 치킨은 겉은 바삭, 속은 촉촉한 것이 정말 맛있었다.
내 친구 최고의 치킨이자 마지막 치킨이었다.

조기 퇴직을 하게 된 것도 원해서 한 것은 아니었다.
어려서부터 컴퓨터를 끼고 살았고
그래서 대학도 재수를 해 가며 전산학과를 고집했던 친구다.
지금은 없어졌지만 한때는 우리나라 벤처를 대표하던 업체에서
프로그램을 짜며 신나게 일했던 적도 있었다.
하지만 자신도 몇 번을 해 봤을 IT업계의 오래된 농담인
"프로그램이 막히면 회사 앞 치킨집 사장님께 물어라."가
바로 자신의 이야기가 될 줄은 꿈에도 몰랐을 것이다.
이제 무얼 할 거냐고 묻지 못했다.
그래도 치킨 만큼은... 정말 겉은 바삭하고 속은 촉촉했다.

67. 개국공신

이게 무를 썰다가 베인 상처지.

하여간 이 상처들이야 말로 개국공신들의 훈장 이라고나 할까...

그렇죠. 후후...

이건 닭 튀기다가 기름이 튀어서 생긴 상처죠.

우리들이야말로 진정한 치킨인!

아자!

이거 봐. 이건 셔터 내리다가 손가락을 그냥 확 찧은 거야.

······

······

이건 오토바이 배달 가다가 벽에 걍 냅다 긁어 버린 자국이죠.

럭 럭 치 킨

럭셔리 럭키!

접자...

네...

폐국공신인 건가.

나는 장사꾼의 아들이라 장사의 고단함을 잘 알고 있다.
특별히 장사가 더 고단하다는 얘기는 아니다.
돈을 벌기 위해 하는 모든 일들이 각각의 모습으로 고단할 것이다.
다만 장사가 달리 어떻게 고단한 것인지를 안다는 얘기다.

장사의 고단함은 온종일 매여 있다는 것이다.
우리 부모님은 함께 가방 장사를 하셨는데
새벽에 일어나 나가시면 저녁 9시는 되어야 들어오셨다.
방학이면 가게에 함께 나가 있기도 했는데
손님을 기다리며 그냥 앉아만 있는 여유가 있기는 해도
하루종일 가게를 벗어나지 못한다는 것이 답답하게 조여 왔다.
(잠깐 자리를 비우거나 밥 한 술 뜰라치면 그때 꼭 손님이 온다.)

옆집 가게 할아버지는 어린 나에게 돈에 대해 잔소리를 하셨다.
할아버지는 우리 가게의 돈들을 정리하라고 시키셨는데
천 원짜리는 천 원짜리끼리, 만 원짜리는 만 원짜리끼리는 물론이고
돈에 있는 일련번호 순서대로 정리를 해야 한다고 주장하셨다.
돈을 진지하게 대해야 돈이 모인다는 그런 뜻이었던 것 같다.
(지금도 지갑의 돈을 순서대로 정리하지만 돈이 그리 모이지는....)

학생 때 하는 알바와는 조금 다르다.
알바도 고되지만 임시로 하는 일이라 생각하면 매이지는 않는다.
하지만 어른이 되어 돈 버는 일의 고됨을 알기 시작하고
앞으로 이 궤도에서 크게 벗어나지 못할 것임을 느끼기 시작하면
얽매이고 만다. 쉽게 벗어나지 못하는 것이다.

68. 치수성찬

아... 오늘 치맥 엄청 땡기네.

닭 시키면 할머니는 목만 드셨잖아요. 오늘은 먹고 싶은 부위 마음껏 드세요.

으아! 치킨 냄새!

우리 동에 누군가 치킨을 시켰나 보네.

1인 1닭이라니! 손주 덕에 호강하네!

치~킨수성찬 이로구나!

호강은요. 오늘 알바일 끊겨서 재고 가지고 온 건데요...

무슨 소리! 1인 1닭 하는 게 성공한 거야!

옛날 너희들 어렸을 때 치킨 한 상자 시키면 살 발라서 이틀에 걸쳐 먹었는데.

자~ 우리 손주의 더 나은 알바를 위하여!

치화자!

"사장님! 여기 맥주요!"
순간 식당 안은 조용해졌다.
누가 점심시간에 맥주를 시키지?
부러워하는 것이 분명한 눈빛들이 우리에게 모여들었다.

여의도에 있던 돈가스집이었다.
기름지고 두툼한 돈가스를 먹다 보면
맥주 한 잔 생각이 나는 것은 당연한 일이겠지만
다시 회사로 돌아갈 시간이니 생각은 생각에 그칠 뿐이다.

친구는 분명 즐기고 있었다.
우리를 향해 쏟아지는 시샘 어린 시선들을 말이다.
친구는 여유롭게 잔을 채우고는 꿀꺽꿀꺽 넘겨 버렸다.
평소보다 조금은 더 소리를 내면서 말이다.

어제만 했더라도 친구는 맥주를 시키지 않았을 것이다.
아니, 못했겠지.
누군가 맥주를 시켰다면 부러워하고 말았겠지.
하지만 오늘은 할 수 있다.
퇴직 처리가 완료되어 회사로 돌아가지 않아도 되니까.
아니, 돌아갈 곳이 없어졌으니까.

그날 함께 마셨던 맥주 맛이 가끔 입가에 떠오른다.
시원하면서도 쌉쌀했던 그 맛이...

퇴근~

모두가 날 반기고 있어.

평상시에도 이랬으면.

치킨향이 주는

아. 행복. 분명 뭔가 좋은 일이 일어날 것 같은 기분마저 들어!

묘한 행복감.

아빠의 호감도까지 올려 주는 신비의 마력.

우리 손주가 챙겨 온 건데 좀 드슈!

예감 적중!

아파트 단지 입구 상가 1층에 치킨집이 하나 있었다.
동네에 치킨집이야 한둘이 아니지만 그 집은 좀 특별했다.
일부러 그러는 것인지, 아니면 어쩌다 그렇게 된 것인지는 몰라도
해질녘이면 고소한 치킨 냄새가 풍겨 오면서 저녁 내내 이어졌다.
수많은 치킨집 중에서 유독 그 집에서만 냄새가 퍼져 오는데
그걸 맡다 보면 언젠가 한 번은 치킨을 시키게 되는 것이다.
(꼭 그 집에서 시키지는 않는다는 게 함정...?)

친구가 치킨집을 차렸을 때 가서 그 얘기를 했더니
친구는 인상을 쓰며 고개를 절레절레... 뭐 그랬다.
하루종일 치킨을 튀기고 있으면 기름 냄새에 두통이 다 난다고.
가게를 닫고 집에 가는 길에도 치킨 냄새와 함께 퇴근하고
옷을 벗어도 피부에 냄새가 배어 버린 것 같았단다.

친구가 치킨집을 그만두고 한동안 집에 있을 때
집안의 금기어는 아무래도 '치킨'이었다.
치킨집이 망했는데 치킨을 시켜 먹기는 좀 그랬으니까.
그러던 어느 날 늦둥이 막내가 조르고 졸라 치킨을 시켰단다.
치킨이라면 쳐다보고도 싶지 않을 것 같았는데
막상 치킨을 받아들고 보니 고소한 기름 냄새에
자기도 모르게 피식 웃게 되더란다.

치킨집을 말아먹은 것은 속 쓰린 일이었지만
그래도 다시 치킨 냄새라는 작은 행복을 되찾았으니
조금은 해피엔딩? 그렇게 해 두자.

가족 모두가 만족한 고마운 치킨이다.

아이가 초등학생이었을 때
우리 가족은 매주 일요일 저녁을 기다렸다.
그때는 내가 출퇴근 거리가 멀어 밤늦게야 집에 왔고
평일에는 함께 저녁을 먹을 기회가 없었다.
일요일 저녁식사만큼은 꼭 세 식구가 같이 하기로 했다.

아이는 다른 이유로 일요일 저녁을 기다렸는데
밥 먹으면서 TV나 스마트폰 보는 것을 못 하게 한 대신에
일요일 저녁식사만큼은 함께 TV를 보기로 했기 때문이었다.
평일에는 어지간하면 시키지 않던 배달 음식도
일요일 저녁에는 자주 시켜 먹었던 것도 기다림의 이유였다.

일요일 저녁, 가장 환영받았던 메뉴는 역시 치킨이었다.
도대체 누가 처음으로 닭을 튀길 생각을 했을까?
누구라도 했을 생각이겠지만. 아무튼 감사합니다!

아이가 컸다는 것을 일깨워 준 것도 치킨이었다.
언제부터인가 치킨 한 마리로는 뭔가 모자라기 시작했다.
어느새 아이는 청소년이 되었고 이제 치킨은 최소 두 마리다.
지금은 아이가 어른보다 바쁘게 되어
일요일의 저녁식사를 꼭 지키지는 않게 되었지만
그래도 일요일의 치킨 한 마리는 우리 가족에겐 소중한 추억이다.

71. 던전히어로즈

저건... 던전 드래곤! 뭔가 용언을 되뇌이고 있다. 가까이서 들어 보자.

선생님, 여기 질문요!

많이 졸립냐. 기지개 한번 펴자~!

앗. 너는!

아니면 잠 좀 깨게 앞에 나가서 아는 팝송 한번 불러 볼래?

여기 인용구 말인데요.

덕분에 또 살았네.

전학 온 학교에서 몬스터와 히어로를 만났다.

어렸을 때 수영장을 다녔었다.
첫날엔 얕은 곳에서 물에 뜨는 법을 배웠다.
힘을 빼면 물에 뜨게 된다는 걸 알려 주었다.
아마도 소독약 냄새였을 수영장 특유의 향도 나쁘지 않았다.

문제는 바로 다음날이었다.
선생님은 제일 깊은 곳으로 아이들을 데려가더니
힘을 빼면 절대 가라앉지 않으며 선생님들이 건져 줄 테니
용기 있는 사람은 나와서 뛰어들어 보라는 것이었다.
말이 자원자를 찾았지 결국엔 전부 다 들어가야 했다.
방법은 조금 바뀌어 수영장 끝을 붙잡고 있다가
하나씩 손을 놓고 물속으로 들어갔다가 다시 올라오는 거였다.
아마 처음부터 이걸 하려는 생각이었겠지.
설마 열 살도 안 된 애들을 뛰어들게 할 생각은 아니었...겠지?

그날 나는 끝까지 손을 놓지 못한 아이들 중 하나가 되었고
다음날부터 수영장을 가지 않겠다고 징징대는 아이가 되었다.
내가 졸라서 다니게 된 수영장이었는데...

물론 별거 아니라는 듯 해낸 아이들도 많았다.
나 역시도 눈 딱 감고 해 봤다면 별거 아니었을지도 모르겠다.
하지만 좀 억울한 마음도 들고... 지금도 궁금하다.
다른 방법은 없었나요? 꼭 그래야만 했나요?

72. 설마

전교 1등에 학교회장. 엄친딸 실사버전인가.

정신 차려라. 인마!

설마 일부러 나 도와주려고...?

얘!

혹시 나 좋아 하나?

영어선생님, 그렇게 나쁜 사람 아니니까 맘에 두지 마.

으응...

응 맞아. 너 좋아해.

쿨내 진동!

우리 때는 입시 공부로 '영한대역'을 보곤 했었다.
영어는 별로인 나지만 지금도 바로 떠오르는 이야기가 있다.
'I've come to clean your shoes.'

떨어져 지내던 가족이 비행기 사고로 세상을 떠났다는 소식.
주인공은 식구들을 챙겨 떠나느라 경황이 없다.
소식을 들은 마을 사람들이 와서 위로를 해 주는데
처음 보는 이웃 남자가 와서 이렇게 말하는 거다.
"신발을 닦아드리러 왔습니다."
남자는 자신도 얼마 전 가족의 장례를 치렀는데
지나고 보니 그때 신발들이 깨끗하지 못했던 것이 기억난다며
실례가 되지 않는다면 구두를 닦겠다는 것이었다.

장례를 마치고 조금은 마음의 여유가 생긴 주인공은
그때 낯선 이가 다가와 신발을 닦아 준 것이
얼마나 고마운 일이었는가를 새삼 떠올린다.
그가 도와주지 않았다면 생각도 못 했을 일이고
떠올렸더라도 그 상황에서 신발을 닦을 여유는 없었을 것이다.
구석에 앉아 묵묵히 신발을 닦고 조용히 물러갔던 낯선 이.
그 작은 행동이 큰 슬픔 앞에서 또 그렇게 위로가 되었단다.

나는 나고, 너는 너다. 타인을 온전히 이해하는 것은 불가능하다.
하지만 때로, 아주 잠깐이라도, 은근하게 와닿을 때가 있다.
작은 친절, 세심한 배려, 무심한 양보…
추운 날 시린 손을 달래 주는 따뜻한 찻잔처럼 말이다.

73. 다 달라요

저는 먹방 유튜버가 되고 싶습니다!

맛있는 것도 먹으면서 돈도 벌 수 있으니까요.

저는 여행 유튜버가 되고 싶습니다!

세계 곳곳 소개하고 각국의 다양한 친구들도 사귈 수 있거든요!

저는 뷰티 유튜버가 되고 싶습니다!

나도 예뻐지고 구독자에게도 자신감을 줄 수 있거든요.

그렇구나. 그런데 다들 같은 직업이네. 그렇게 되면 너무 경쟁이 심해지지 않겠니?

왜요?

난 먹방.

난 IT.

난 뷰티.

난 여행.

난 게임.

겹치는 게 하나도 없는데요?!

예전에 아이들이 장래 희망으로 연예인을 꼽을 때
부모들은 쓸데없는 소리 말라고 야단을 쳤다.
한동안 프로게이머가 되겠다는 아이들이 늘어났을 때
부모들은 게임하고 싶어서 대는 핑계라 생각했다.

요즘 유행은 두말할 것 없이 '유튜버'다.
다른 직업을 하고픈 아이들도 유튜버는 겸할 생각일 걸?
그런데 이번에는 부모들도 사뭇 달라졌다.
그것도 나쁘지 않겠다 싶은 거다.
적극 권장은 아니더라도 굳이 말리지는 않는다.

시대가 바뀐 것일까? 부모들의 마음이 열린 것일까?
부모들이 권하는 직업은 안정적이거나 많이 벌거나인데
연예인에 비한다면 진입 장벽이 낮아 안정적으로 보이고
프로게이머에 비한다면 수명도 길고 더 많이 버는 것 같다.
동네에서 만났을 법한 꼬마 아이나 할머니까지
유튜버로 성공하는 걸 실시간으로 보고 있으니 말이다.
평소 즐기던 것을 하며 돈을 번다? 얼마나 매력적인가!

물론 유튜버는 이제 막 생긴 직업이다.
빠르게 치고 올라오는 만큼 빠르게 사라질 수도 있다.
이제 구독자 백만 명 정도도 쉽게 보이지만
백 명 유튜버로 은퇴하는 채널도 수두룩하다.
그럼에도 이 거대한 유행을 말릴 수는 없을 것 같다.
어쩌겠어? 한동안은 같이 흘러가는 수밖에…

이때가 진짜 좋았지.

엄마 어때?

오우. 촌티!

헐! 촌티 대박!

너 잘 걸렸어! 따끔하게...

어때?

좀 촌스러워.

엄마 완전 뉴트로인싸!

......

지지배가 뷰티 유튜브 좀 본다고 엄마를 무시하는 경향이 있단 말야.

완전 쩔어!

뭐지? 헷갈리게.

어렸을 때 어른들이 유행은 돌고 돈다고 하셨는데
이제는 그 말을 실감할 만큼 나이를 먹었다.
젊었을 때 유행하던 머리 모양이나 옷들을
요즘 거리에서 쉽게 보는 것이다.

촌스러워지는 것은 쉽다.
불과 몇 년 전 사진이나 영상만 보아도
저 때는 머리들을 왜 저렇게 하고 다녔나 싶고
바지 길이나 품도 쉽게 낯설어진다.

시간이 유행을 촌스럽게 만들고
다시 그 시간이 촌스러움을 유행으로 만든다.
옷장에서 찾아낸 엄마의 옛날 옷이 득템이 되고
할머니 집에서 찾아낸 유리잔으로 친구들의 부러움을 산다.
무대에서 사라졌던 추억의 스타들이
화제의 주인공이 되어 화려하게 부활하기도 한다.

물론 모두에게 기회가 닿는 것은 아니다.
사람들의 마음은 쉽게 변하기에
언제 다시 촌스러움으로 돌아갈지 알 수 없다.
그래도 반갑다. 어릴 때 흔히 보던 초록색 대접을
동네 마트에서 '뉴트로 특별상품'으로 다시 만나니.
잠깐이면 어때, 지금은 그저 이 유행을 즐겨 보자.
언제 다시 돌아올지 모르잖아?

그러게~ 빨리 어른이 돼서 세계를 누비며...

엄마, 나 빨리 어른 되고 싶어.

밤에 야식 맘껏 먹으면서 유튜브 맘대로 볼 수 있잖아.

KYEWOON
유튜버
다이아몬드버튼

그래. 뷰티 유튜버로...

나가서 사회활동 좀 해 이것아!

유튜브

NEWYORK BEAUTY SHOW

세계에 진출할 거야!

급하면 체해!

너무 빨리 어른이 될 필요는 없어.

아이들은 빨리 어른이 되고 싶어 한다.
어른이 좋아 보인다기보다는
아이라서 하지 못하는 것을 벗어나고 싶어서다.

아이들은 어른 모르게 어른이 되어 간다.
어른이 가르쳐 주는 것만 배우는 것은 아니다.
수많은 정보들이 아이들에게 쏟아진다.
요즘은 아이들이 더 빨리 어른이 되어 가는 시대다.

어른이 되면 하고 싶은 것을 맘대로 할 수 있을까?
어른이라면 이 물음에 쓴 웃음을 지을 것이다.
그렇게 사는 사람들이 있다고는 들었지만
적어도 나나 내 주변 사람들은 아닌 것 같다.

어린 시절이 소중한 것은
한 번 지나가면 다시 오지 않기 때문이다.
어른이 되는 것이 중요한 것은
결국엔 그렇게 되기 때문이다.

너무 일찍 어른이 될 필요는 없다.
너무 오래도록 아이로 지내서도 곤란하겠지만...

솔직히 나도 알아.
그렇게 인기 있는 선생은 아니라는 걸,
아니 피하고 싶은 선생이기도 한다는 걸.

다가설수록 멀어져.
내가 나타나면 애들이 흩어진다니까?

하지만 멈출 수가 없거든. 보이니까.
조그만 잡아 주면 나아질 게 보이니까.

어쨌든 나는 선생이니까.
애들을 돕고 싶으니까.

어떻게 하다 보니 선생님이 되었어요.
교사라는 직업은 부모님의 권유였죠.

교사라는 직업, 나쁘지 않아요.
다만 내 성격과 맞지 않을 뿐이죠.

선생님과 눈이 마주칠까 고개를 푹 숙이던 학생이
지금은 교단에서 학생들과 눈이 마주칠까 걱정해요.

그래서 오늘도 연습을 합니다.
좋은 선생님까지는 아니더라도
조금은 도움이 되는 선생님이고 싶어서요.

결혼할 때는 딱 하나만 봤는데
이혼할 때는 수십 가지 이유가 나오더라.
헤어질 이유 중에 집안일 돕지 않는 게 있었거든.

그런데 혼자 살면서 해 보니까
생각보다 재미있더라고, 특히 설거지.
뽀드득 닦아서 크기별로 세워 나가면
콧노래가 절로 나오더라고.

이럴 줄 알았으면 설거지라도 할 걸 그랬나?
뭐 그거 말고도 헤어질 이유는 많았겠지만 말이야.

요즘은 말이지
코인 노래방 없었으면
어떻게 살았을까 싶어.

500원만 넣으면
오직 나만의 세상이야.

마음껏 소리지르면
조금은, 아주 조금은 풀리는 것 같아.
가슴 어딘가에 엉켜 있는 것들이…

배가 부르니 세상이 바뀐다.
몸이 따뜻해지고 마음도 말랑해진다.
설거지 하는 엄마에게 매달리며
골목에서 놀던 얘기를 조잘거린다.

우리는 가족(家族)이다.
우리는 식구(食口)다.
가족은 피를 나눈 사이,
식구는 밥을 나누는 사이...
가족은 끈끈하고, 식구는 따뜻하다.

닮은 얼굴들이 모여
그렇게 나누며 하루를 살아갈 힘을 얻는 사이.
우리는 가족으로 살기로 했다.

76. 동물의 왕국

저기에 풀을 뜯고 있는
새끼 사슴 한 마리가
있네요.

먹이를 노리는 사자는 자신의
모든 감각을 총출동시킵니다.

외로움은
친구가 아니야.
얼른 구제해
줘야 해.

자기가 너무 좋아하는 풀을
맛있게 먹고 있습니다.

캐슬 드래곤 공략

그리고 자신의 목적을 달성하기 위해
집요하고 인내심 있게 기회를 노립니다.

녀석을 깨닫게
해 줄 좋은 기회가
곧 올 거야.

곧 자신에게 처해질 위기의 순간도
모르는 채 말이죠.

하지만 사자는
한 가지를 놓치고
있었네요.

멀지 않은 곳에서 숫사자
한 마리가 새끼 사슴을 노립니다.

사냥꾼이 사자를 노리고 있다는 걸요.

'동물의 왕국'이 재미있어진다면 어른 다 된 거다.
어렸을 때 이해할 수 없는 장면 중 하나가
소파에 앉아 '동물의 왕국'을 보시던 아버지였다.
가요 프로그램이나 스포츠 중계를 보실 때와는 다르게
아무런 표정도 반응도 없이 그저 보고 계시는 거다.
안 보시는 거면 다른 채널로 돌리자고 하면
잘 보고 계셨다며 가끔 버럭도 하셨다.

어쩌나... 이젠 나도 '동물의 왕국'이 재미있다.
쫓고 쫓기고, 잡아먹히거나 도망가거나
매번 비슷한 패턴이지만 이상하게 보게 된다.
어디선가 죽는 동물이 있으면 어딘가는 태어나는 동물이 있다.
귀여운 새끼들이라면 그래서 더 방심할 수 없다.
자연에선 귀여울수록 취약한 상태일 수 있다.
호기심 어린 걸음마 주변에는 먹잇감을 노리는 천적이 있고
어미는 언제라도 훌쩍 떠나갈 수 있다.

경험상 아저씨들이 더 '동물의 왕국'을 좋아한다.
찜질방 남탕의 TV들은 '동물의 왕국' 아니면 '정글의 법칙'이다.
옷을 입은 아저씨, 옷을 벗은 아저씨, 입거나 벗던 중인 아저씨들이
무엇에 홀린 듯 '동물의 왕국' 앞에 서 있는 것이다.
'동물의 왕국'이지만 동물을 보는 건 아닌 것 같다.
동물들의 세계에서 사람의 모습, 사람 사이의 관계를 비춰 보겠지.
어리거나 늙거나 병들거나... 늘 그런 동물이 먹잇감이 된다.
결과를 알면서도 속으로 응원한다. 오늘만이라도 살아남기를...

게임을 처음 접해 본 순간 알 수 있었어.

나는 게임이라는 이데올로기의 철학자가 될 거라는 걸.

다우니스토텔레스

후훗. 저기 어부들끼리 작은 다툼이 벌어졌군.

모두들 스스로 게임바다의 어부가 되어

퀘스트를 완수하길 바랐지만 나는 달라.

그래 그래 어부들아 어서 고기를 낚게나.

나는 여기서 사색을 좀 하겠...

나는 바다 자체를 탐구하고 분석하는 게 더 좋으니까.

... 그런 식으로 깨면 돼.

오. 신박한데?

대박!

내 주변의 모든 NPC들도 날 그렇게 인정하지.

또 게임해?

잠깐. 나 언제 어부들 틈에 낀 거지?

고등학교 때 교실 맨 뒤편에 앞뒤로 앉은 친구들이
'태양의 집'에 놀러갈 거라며 같이 가자고 했다.
내성적인 편이라 평소 같으면 됐다고 했을 것이다.
물어본 녀석들도 딱히 같이 갈 생각은 아니었던 것 같았다.
하지만 그날따라 나도 모르게 선뜻 가자고 했다.
일단 '태양의 집'이라는 이름 자체가 묘한 매력이 있었다.

'태양의 집'은 5층 정도 되는 상가였다.
백화점 흉내를 내는 동네 마트 같은 그런 느낌?
거기 4층에는 운동용품점도 있고 서점에다 문구점도 있고
오락실 기계도 몇 대 있어서 동네 아이들의 아지트였다.

어색하게 따라다니던 내가 정신 차리고 보니 중심에 있었다.
프라모델 박스에 그려진 로봇들에 대해 술술 말하고 있었던 것이다.
나는 손재주가 별로여서 프라모델을 잘 만들지는 못한다.
하지만 평소《로봇대백과》같은 잡다한 책들을 끼고 산 탓에
친구들의 궁금증을 한 번에 풀어 주는 척척박사가 되어 있었다.

그때 사귄 친구들과는 지금도 연락하며 지내고 있다.
최근에 만났을 때 '태양의 집' 기억하냐고 물었더니
다들 기억이 나는 것 같기도 하고 아닌 것 같기도 하다나?
아무튼. 사람과 사람이 닿는 것에는 아주 작은 것들이 필요하다.
내게는 그것이 '태양의 집'이었다.

내가 너무 민감했나.

현관 천장에 달린 '센서등' 같은 거다.
사람과 사람 사이 말이다.

어떨 때는 너무 민감하다.
늦은 밤 조용히 화장실을 가려는데
저 끝에 있는 현관에 갑자기 불이 들어오면...

정작 필요할 때는 묵묵부답.
애타게 천장을 향해 팔을 휘저어 봐도 소식이 없고
스마트폰을 꺼내 비추려니까 바로 불이 켜진다.

저마다 원하는 센서의 감도가 다르다.
그나마 그 센서도 매번 다르게 작동한다.
어쩌겠어? 그게 사람인데.
기계도 왔다갔다 하는데 사람 마음이야 오죽하려고.

79. 영웅의 고뇌

최종보스다!

대박! 최종보스 잡았어!

다운이 쩐다! 걸어다니는 공략집!

무릎의 노란 사파이어를 공격해!

뭐야. 그 분위기. 최종보스까지 잡았건만.

무릎을 꿇으면 그때 머리의 녹색 수정을 공격하면 돼!

놔둬. 원래 영웅은 고뇌를 달고 사는 법이지.

다운스. 왜 안 오냐.

답장 좀 해라.

정다운. 경고야.

다운스! 너 어딨어!

영웅의 고뇌. 엄마 카톡 20개.

섬에 놀러간 소년이 키우던 원숭이와 헤어지고
하필이면 그 섬에다 핵폭탄 실험을 하는 바람에
방사능에 노출된 원숭이는 거대한 괴물이 된다.
세월이 지나 괴물이 된 원숭이가 인간 세상을 공격하고
이제는 어른이 된 소년과 마주치게 되는데...
(지금 생각해 보니 이것저것 섞어서 만든 표절 느낌이?)

아무튼 어렸을 때 처음 '만화가게'를 다니게 된 나는
거대한 원숭이가 빌딩을 부수며 탱크와 싸우는 만화를 보느라
밤 아홉 시가 넘도록 집에 들어가지 않게 된 것이다.
요즘 같아서야 밤 아홉 시가 그렇게 늦겠냐 하겠지만
지금으로 치면 어린아이가 새벽까지 들어오지 않은 셈이다.

정신 차려 보니 사방이 컴컴했다.
집까지는 큰길만 따라가면 되는 거리였지만
어두운 거리를 혼자 다녀 본 적은 없어서 무섭기도 했다.
집에 갔더니 난리도 그런 난리가 없었다.
어디 간다는 말도 없이 애가 사라졌으니
파출소 순경 아저씨도 와 있고, 엄마는 울고불고...

무지하게 혼났다. 무릎 꿇고 앉아 손들고 한참을 있었다.
만화가게 출입금지. 덤으로 오락실 금지. 용돈 회수. 반성문 작성...
분명히 나도 잘못한 게 있어서 한동안 만화가게는 자제했지만
다들 아시는 것처럼 인생에는 수많은 만화가게가 기다리고 있다.
정신 못 차리고 빠져들며 새로운 세계를 맛보여 주는...

80. 종지부보스

최종보스를 잡으면 끝인 줄 알지.

이 보스는 공략법이 없는데 어떻게 이길 수 있겠어. 정면돌파 하는 수밖에.

하지만 그 다음엔 최종보스를 뛰어 넘는 종지부 보스가 있지.

친구들이랑 PC방에서 놀다 보니 그렇게 됐어...

종지부보스의 필살기!

엄마 카톡 받았어, 안 받았어?

왜 답장을 안 해?!

......

외출 금지 당해 봐야 정신 차리는 거야?!

정직해서 봐주는 거야! 다음에 또 그러면 진짜 혼나!

헉. 통했다!

부모들도 다 해 봐서 안다.

친구들과 놀다 보면 시간 가는 줄 모른다는 것을.

아이들 입장에서야 그럴듯하게 넘겼다고 생각할지 몰라도

부모들은 훤히 꿰뚫고 있다. 우리도 다 해 봤으니까.

우리도 처음부터 어른은 아니란 말이지.

부모들도 사람인지라 그때그때 다를 수밖에 없다.

어떤 날은 딱 5분 늦었는데도 혼이 나고

또 어떤 날은 몇 시간이 지났는데도 그냥 넘어가고...

사실 부모들은 은근 간사하다.

PC방에서 놀다 늦었다고 화를 내다가도

공부 좀 하는 친구랑 있었다는 걸 알고 나면

갑자기 화가 누그러지는 것이다.

공부 잘하는 애랑 논다고 공부를 잘하는 것은 아닌데 말이지.

정직은 도덕적이기도 하지만 효율적이다.

시간 낭비를 줄이고 감정도 덜 상하니까.

거짓말은 힘들다. 머리도 써야 하고 스트레스도 심하고...

거짓말이라는 게 한번 시작하면 시리즈가 되기 마련이어서

스토리를 이어가고 세계관을 맞춰 가는 수고를 할 바에야

처음부터 이실직고하는 게 좋다. 편하다.

(아저씨 말 한번 믿어 보라니까...)

81. 솔직해서

오늘 다운이 왜 늦었대?

PC방.

혼 많이 냈어?

아니. 솔직하게 PC방 갔다고 말하던데.

하이고~ 자슥...

잘했어. 솔직 했으니 용서해 줘야지.

그보다는 친구를 사귈 수 있는 기회 이기도 하니까...

신났겠네!

!

······

아무리 그래도 그렇지. 답장 한 번 하는 게 그렇게 힘들어? 엄마 속은 타들어 가는데!

너무 재밌으니까 답장할 생각도 못 한 거겠지.

그래. 나도 솔직해질게! 내일 동창들 이랑 우정을 위한 술약속을 했는데...

쩌럽

님은 내 아들 아니시거든요.

친구는 만나는 것일까? 아니면 만드는 것일까?
부모들은 아이가 좋은 친구와 사귀었으면 하고 신경을 곤두세운다.
하지만 내 아이는 다른 부모 눈에 좋은 친구일까?
그런 생각을 하면 어딘가 작아지게 된다.

부모가 생각하는 좋은 친구와
아이가 생각하는 좋은 친구 사이에는 늘 거리가 있다.
세상에 제일 어색한 것 중에 하나가
서로 친구하라며 낯선 아이들끼리 붙여 놓는 것이다.
애기 때야 멋모르고라도 넘어가겠는데
심하면 중고등학생을 데리고 그런다니까...

친구를 대하는 것도 배울 수 있다면
그걸 가르쳐 줄 수 있는 사람은 누구보다 부모 자신일 것이다.
친구를 대하는 것을 말이나 글로 가르칠까?
전혀. 지금까지 부모가 타인을 대하는 태도가 쌓여
지금 자식이 친구들을 대하는 기본기가 되었을 것이다.

자식이 좋은 친구를 사귀길 원한다면
부모가 어떻게 사람들을 만나고 있는지 돌아볼 일이다.
우리 자신은 누군가에게 좋은 친구일까?
혹시 우리들은 누군가에게 피하고 싶은 사람이 된 것은 아닐까?
자식을 가르치는 것 같지만
사실은 자식으로 인해 우리가 배우며 산다.

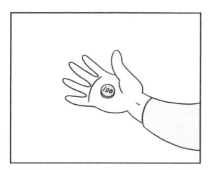

오오!
최종보스!

타타타

원코인 지존이
동전을 넣었어!

여기 있을 줄
알았어. 당장
나와. 인마!

아부지!

타랏

와... 저 손놀림
좀 봐!

타탓

아저씨! 잠시만요!
거의 다 왔어요!

타라라라

마지막
관문이야!

따라랏

NO!!

GAME
OVER.

악
안돼!

형. 대박! 동시에 두 보스를 상대했어!

조선시대에도 뭔가 하나에 빠진 덕후들이 있었다.
꽃에 미쳐 있었다는 김덕형 선비가 기록으로 전해진다.
김덕형의 지인들은 그의 일상을 가리켜
"늘 꽃밭으로 달려가 하루종일 꽃을 본다."며
"아예 꽃밭에 자리를 마련하고 누워 꼼짝도 않는다."고 전하는데
"그를 가리켜 손가락질하고 비웃는 자들도 많았다."고 한다.

김덕형은 꽃들을 관찰한 것을 모아《백화보》라는 책을 내었다.
시험에도 자주 나오는 실학자 박제가는 김덕형에 대해
"벽(癖)이라는 글자는 질병과 치우침이란 뜻으로 되어 있지만
고독하게 새로운 세계를 개척하고 전문적 기예를 익히는 자는
오직 벽을 가진 사람만이 가능하다."며 서문을 써 주었다.

모르는 사람에겐 그게 뭐라고 그렇게까지 공을 들이나 싶겠지만
도전하는 사람에겐 이루지 못하면 잠도 못 잘 지경인 것이다.
동전 하나로 죽지 않고 게임을 클리어한다?
컨 김에 왕까지 간다고 해서 점수가 더 나오는 것도 아니다.
하지만 남에게 인정받으려고 하는 것은 아니니까.
다른 누구도 아닌 나를 위해서 하는 거니까.

무얼 해도 시들하다면 너무 어른이 된 것인지도 모른다.
하루종일 보고 있어도 질리지 않는 것이 있을까?
언제나 나를 불타게 만드는 도전과제가 있을까?

83. 쓴소리

아버지 덕분인가.

우리가 어떤 사람인가를 드러내는 것 중에
가장 끈적끈적한 것을 꼽자면 바로 직업일 것이다.
사회에서 우리는 어디에서 무엇을 하는 사람으로 알려진다.
직업에 대한 사회적 평가에 따라 내 급이 정해지기도 한다.
그런 문화에 동의하지 않더라도 말이다.

하루 일과 중 직업에 가장 많은 시간이 들어간다.
그 시간만큼 직업이 우리 몸에 스며들기 시작한다.
처음엔 우리가 직업을 골랐을지 모르겠지만
우리가 하는 일이 다시 우리를 만들어 가는 것이다.
직업은 우리 몸에 어떤 특징을 남기기도 하고
말투나 사고방식에 영향을 주고 습관이 생기기도 한다.

좋아하는 일을 직업으로 삼지 말라는 충고도 있다.
직업이 되는 순간 더이상 좋아할 수 없을 거라며.
반대로 좋아할 수 없다면 일하지 말라는 사람도 있다.
일은 늘 고되기 마련이고 흥미를 느껴야 더 잘할 수 있다고.
딱히 누구의 편을 들고 싶지는 않다.
직업과 취미를 분리시키는 사람도 있고
취미를 살려 직업을 갖는 사람도 있으니까.

뭐라도 하나는 맞아야 온전히 내 직업이 된다.
보수가 좋든지, 근무 형태가 좋든지, 사회적 인식이 좋든지,
일하는 과정이 재미있든지... 아무튼 뭐든 하나는 맞춰 볼 일이다.
정말 힘들 때가 오면, 그 하나에 의지하며 견뎌낼 수 있으니까...

84. 다중인격

조기축구.

여기 사장... 조기축구 감독까지 하던데. 완전 터프 그 자체야.

야! 심판! 제대로 못해?!

꾸벅 꾸벅

헉. 맥카페 사장 아냐?

터프하다고? 문화센터에 공예수업에선 아니던데?

공예수업도 다녀?

오늘은 문화센터에서 공예 특강 있는 날.

완전 조신~

헐.

네. 그렇게 하시면 돼요. 넘 잘하세요~!

내가 좀 해~호호

맥카페 사장?

혹시...!

다중인격

내 속엔 내가 너무도 많아.

심리학에서 말하는 '페르소나'가 있다.
고대 그리스에서 배우들이 쓰던 가면에서 유래된 말이라 한다.
아주 간단하게 말한다면 사회적으로 쓰는 가면이라고 하겠다.

우리 자신이 생각하는 내가 있다면
사회적으로 비치는 나, 다른 이들이 보는 내가 있다.
우리는 각자가 속해 있는 사회의 규범을 파악하면서
사회가 우리에게 어떤 역할을 요구한다고 가정한다.
사회적 관계를 원만하게 만들기 위해서 수행하는
사회적 역할을 페르소나라고 할 수 있다.

우리는 일찍부터 가족이나 학교로부터 배우게 된다.
때와 장소에 따라 다르게 행동해야 한다는 것을 말이다.
사회적 역할을 적절하게 하는 것은 때론 편리하지만
때로는 지나치게 본성을 누르다 스트레스가 되기도 한다.

최근 어떤 아이돌 그룹이 '페르소나'를 언급하면서
딸아이도 관심을 갖고 페르소나에 대해 묻기에
'누울 자리 보고 발 뻗는다.'는 속담을 떠올렸다.
내친김에 무지하게 빠른 속도로 가면을 바꿔 쓰는
중국 영화에서 보았던 '변검'을 떠올렸지만
차마 그 얘기까지는 꺼내지 않았다.
그래도 교육적이야 할 아빠의 사회적 역할을 고려해서...?

85. 자력갱생

맥카페 사장은 확실히 주위 사람들의 시선을 끄는 힘이 있어.

자력으로 일구어 온 인생일 것 같아.

혼자의 힘으로?

磁力

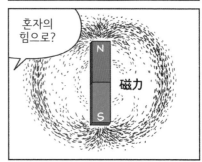

아니. 자석 같은 힘으로 말야.

지구는 거대한 자석이다.
나침반으로 길을 찾을 수 있는 것도
지구 자체가 하나의 자석이기 때문이다.

지구의 자석은 자리를 바꾸기도 한다.
N극과 S극이 역전되는 것이다.
짧게는 수십만 년, 길게는 수천만 년마다라니
우리가 직접 볼 수 있을지는 모르겠다.

사람과 사람 사이도 자석 같다.
어떤 사람과는 자석처럼 끌어당기고
또 어떤 사람과는 자석처럼 밀어낸다.

거대한 지구의 자석도 바뀌는데
사람 마음 속 자석이라고 바뀌지 않을까...
끌어당기고 붙어 다니던 사람을 밀어내고
밀어내던 사람에게 갑자기 끌리기도 하겠지.

지구의 자기장은 거대한 보호막이다.
우주로부터 날아오는 방사능을 막아 준다.
그 덕에 생명들이 살 수 있다.

사람 마음의 자석도 우리에겐 방어막일까?
때론 서로 적당히 밀어내며 지내야 할까?
철가루를 뿌려 보면 알 수 있을까?

생활의 참犬! 개들은 서로의 항문 냄새를 맡으며 인사를 합니다.

명함을 받았으니 이제 토리도 명함을 줘야...

사람으로 치면 예절을 갖춰 명함을 주고 받는 것이죠.

엇!

풍

어쿠. 미안...

괜찮아요. 아직 어려서 그런가 보죠.

이웃 개가 먼저 명함을 내미네. 예의 있는 아이군.

토리야. 얌체 같잖아. 엄마 창피해!

인사는 주고받는 거야!

처음 명함을 만들었을 때가 기억난다.
아니지, 첫 명함은 내가 만든 게 아니라
첫 직장으로 들어간 회사에서 만들어 주었지.
회사 로고가 박혀 있는 명함을 받아드니
뭔가 된 것 같은 기분도 들고 그랬다.

하지만 곧 현실을 깨닫게 되었다.
명함을 주고받는 순서라거나,
명함의 두께라거나, 또는 금박의 유무라거나.
아무튼 명함의 세계에서 나의 사이즈는 쉽게 드러났다.
이제야 비로소 장기판의 '졸'쯤 되었다는 것을.

언젠가 뚜렷한 벌이 없이 집에서 쉬게 되었을 때
짐 정리를 하다가 그동안 만들었던 명함들을 보게 되었다.
내 이름을 새긴 명함들이었지만
명함의 주인공은 내 이름 석 자가 아니었다.
회사 이름, 소속 부서, 무엇보다 중요한 직함!
어디에 속해 있는 누구, 어디쯤에 자리 잡은 누구...

명함을 건넬 수 있다면 좋은 일이다.
어딘가에 소속되어 있다는 얘기일 테니.
딱히 명함이 없다면 그것도 나쁘지 않은 일이다.
한 곳에 매여 있지 않다는 뜻일 테니.

개나 사람이나 쌀쌀맞기는.

어라? 오늘은 토리가 먼저 명함을 내미네?

다닫

어. 어제 그 아이!

쿡

콩

콩

헐. 토리야. 이번엔 네가 당했다.

요즘은 미세먼지가 없어서 좋네요.

계속 이랬으면 좋겠어요.

엄마. 오늘은 내가 먼저 명함 줬어!!

어색한 만남, 특히 일로 처음 만나는 사이라면
명함 교환처럼 요긴한 것이 없다.
명함을 주거니 받거니 하고는
받은 명함에 있는 이름과 직함을 읽는 것만으로도
적당한 도입부가 이뤄지기 때문이다.

광화문에 있는 식당이었다.
아쉬운 일로 처음 만나는 사이였다.
저쪽에서 주는 명함을 먼저 받아들고는
지갑에서 내 명함을 꺼내 드렸는데... 드렸는데...
응? 내가 내민 것은 포켓몬 카드였다?

딸아이가 아빠 명함을 포켓몬 카드로 바꿔 놓았네?
포켓몬 용어로는 트레이드라고 하던가?
게다가 지폐들도 씨앗은행권으로 바뀌어 있었다.
명함은 그렇다 치고 원래 내가 식사를 대접해야 했는데
처음 뵌 분께 계산까지 부탁드려야 했다.

다행히도 늦둥이를 키우고 계신 분이라
아이들이 그렇지 하며 함께 웃어 주셨다.
포켓몬의 상성과 진화에 대해 의견을 나누고는
다음을 기약하며 기분 좋게 헤어질 수 있었다.
포켓몬 카드에 내 이름과 연락처를 적어 드렸다.
내 인생에 딱 한 번 만든 한정판 명함이었다.

88. 댓글

생활의 참犬! 다른 개의 소변 냄새를 맡고 자신도 소변을 보는 행동은

사람으로 치면 SNS에 댓글을 다는 것과 같습니다.

댓글.

댓글.

오늘따라 토리가 댓글을 많이 다네?

에이. 데이터 다 떨어졌다.

소변이 다 떨어져서 댓글을 못 다네. 물 좀 마실래?

ㅋㅋ

그럼 물을 좀 마셔~

?

뭐지, 아줌개그인가!

202

다른 개들의 소변이나 대변에 다가가
그윽한 표정으로 냄새를 맡는 모습은
여전히 적응이 되질 않는다.
그게 그렇게 좋나 싶기도 하고 말이야.

그 와중에도 호불호가 있는 것인지
어떤 곳에는 한참을 맡은 다음 자기도 흔적을 더하지만
어떤 곳에선 힐끗 보고는 휙 하고 지나가 버린다.
강아지 세계에선 '인기 응가 차트' 같은 것이 있을지도...?

사람으로 치면 댓글을 다는 거라고 들었다.
나도 왔다 간다? 뭐 그런 정도일까?
아니면 견종이나 성별 같은 구체적인 정보도 남기는 걸까?
좀 더 나가면 "다음에 봐!" 같은 인사 기능도 있을까?

가끔 강아지가 안 나오는 소변을 억지로 짜낼 때가 있다.
꼭 댓글을 남기고 싶은데 데이터가 떨어진 거지.
그러게 좀 아껴 쓰지. 아까는 시원하게 펑펑 남기더니...

살아 있는 모든 것들은 연결을 꿈꾼다.
내가 살아 있다는 것을 어떻게 증명할까?
단지 숨 쉬고 심장이 뛰고 있는 것만으로는 부족한가?
누군가로부터 이름이 불릴 때, 비로소 살아나는 것일까?
여전히 소변을 짜내려 애쓰는 강아지 사진을 찍었다.
그리고 제목은... '너에게 닿기를...'로 했다.

89. 잘 되어 가고 있는 건가

처음엔 많이 불안해했는데

토리가 안 들어와!

왈 왈 왈

이제는 제법 자주 명함도 주고받고

댓글도 달고

많이 적응해서 얼마나 다행인지.

쟤랑 인사할래!

그런데 아들은...

잘 되어 가고 있는지 모르겠네.

하여간 너무 부추기면 안 돼.

믿자. 믿어야 돼!

ㅋㅋㅋ.

다운스! 헬프미!

이왕이면 나도 도와주삼.

너 없인 게임 못하겠다.

어리석은 중생들이여.

공략지존이여. 우리를 구원하소서!

논문 한 편을 쓰는 데 어느 정도의 시간이 필요할까?
보통 박사 과정이 2~3년 걸린다고 하면
길어도 3년이면 논문 하나를 쓸 수 있다고 치자.

그런데 단 하나의 논문을 위해 90년 동안 진행하고 있는 연구가 있다.
원유를 정제하고 나면 타르 찌꺼기가 남는다.
이 찌꺼기는 고체처럼 보이지만 사실은 유체라는 가정을 했다.
타르가 흐르는 물질이라는 것을 확인하는 것이 연구의 핵심이다.

방법도 간단하다.
먼저 타르를 망치로 잘게 부숴 깔때기에 담고는
아래에는 흐르는 물질을 받는 비커를 하나 둔다.
외부의 간섭이 없도록 전체를 유리로 덮어 둔다.
깔때기를 열고 타르가 흐르는 것을 관찰하면 된다.
하면 되는데... 문제는 시간이 좀 걸린다는 것이다.

1927년에 깔때기에 타르를 넣고
1930년부터 깔때기의 마개를 열었다.
1938년 12월에 첫 번째 방울이 흐른 것을 시작으로
2014년까지 모두 아홉 방울이 떨어졌다.
100년 가까운 시간 동안 세 명의 교수가 연구를 이어가고 있고
이 연구가 언제 끝날지는 아직 모른다고 한다.

기다리는 얘기를 하려다 너무 멀리 왔을까?
아니지. 부모는 평생 자식을 기다려 줄 수 있다.

유재석은 정말 성실한 것 같아.

아름님은 나이가 어떻게 돼?

웩 웍 왁

강호동은 점점 귀여워지네.

띠리링♪

19세.

오예! 뷰티 유튜버 아름님 영상 업뎃! 댓글 1빠!

50이 다 된 유재석, 강호동도 '님' 자를 안 붙이는데 19세 유튜버에겐 '님' 자라니

걍 유튜브 문화라고 보면 되지 뭐.

헐! 엄마 대박! 아름님이 내 댓글에 대댓글 달아 줬어!

오오! 존경하는 활미'님'이 내 페북글에 좋아요를 눌러 주셨어!

음... 나쁘지 않은데?

내가 어렸을 때는 집에 있는 전화기로 연락을 했다.
"안녕하세요. ○○이 친구 ○○입니다."
친구와 통화를 하려면 먼저 부모님과 통화를 해야 했다.
"○○이 잔다."며 차단하는 부모님들도 여럿 계셨다.

핸드폰이 생기자 부모님을 거칠 필요가 없어졌다.
부모님들은 핸드폰 쓰는 시간을 통제할 수는 있었지만
아이들끼리 직접 연락하는 것을 말릴 수는 없었다.

스마트폰에선 만남의 폭이 걷잡을 수 없이 확장된다.
부모로서는 상상도 할 수 없는 사람들과 바로 연결된다.
아이들은 더이상 어른에게 묻지 않는다.
손가락을 움직여 검색하고 동영상으로 배운다.
모르는 이에게 묻는다. 나이나 지역을 떠나 친구가 된다.

새로운 기술이 연결 방식을 바꿔 놓았다.
자녀에 대한 부모의 권한이 느슨해지고 있다.
가족들 사이의 소통도 수직에서 수평으로 이동하고 있다.
사회적 권위에도 폭풍이 불어닥치고 있다.
나이나 지위보다는 '구독자수'와 '좋아요'가 힘이 세다.

아이들은 기꺼이 폭풍에 몸을 맡긴다. 아니 즐긴다.
부모들은 그런 아이들을 걱정스레 본다. 또는 모른다.
이 폭풍이 우리 가족을 어디로 데려갈까?

91. 짐 정리

사장님~! 짐 정리하러 왔습니다!

튀김기계... 저거 고급인데.

제대로 쓰지도 못하고 치우네.

저 의자 구하느라 애 무척 썼지.

사장님. 두 분 먼저 들어가세요. 제가 마무리 하겠습니다.

아, 네.

저 기분 잘 알지. 계속 있으면 마음만 아파.

저는 좀 있다 갈게요.

나도 오늘로 끝이구나.

마무리 확실하게 하고 와!

학생. 오늘 일당 벌이 좀 할래?

?

 남자는 마무으리~!

후배가 도움을 요청했다.
고시원에서 짐을 빼는 데 도와 달라고.
공무원 시험 준비를 이제 그만두겠다고 했다.

좁은 방엔 책들이 잔뜩 쌓여 있었다.
교과서는 표지가 점잖았고 문제집은 화려했다.
같은 책이라도 연도마다 조금씩 달라졌기 때문에
쌓여 있는 책들이 무슨 지층처럼 느껴졌다.
문제집 지층 사이엔 그동안의 도전과 실패가 화석으로 남았을까?

노끈을 사다 책들을 묶기 시작했다.
이사할 때 책은 골치 아프고 성가시다.
무겁기도 하고 먼지가 날려 목도 아프고...
승강기가 없는 건물이라 계단으로 책을 내렸다.
리어카를 빌려 근처 고물상으로 가져갔다.
그동안의 시간들이 저울에 올라 돈 몇 푼으로 바뀌었다.

책 판 돈으로 삼겹살을 구웠다.
먼지를 먹었으니 삼겹살로 씻어야겠지...
뭐라 딱히 할 말이 없었다.
그냥 굽고 자르고 먹고... 다시 굽고...

노력도 중요하고 과정도 중요하지만 아무래도 어른은 결과다.
결과가 없다면 소용이 없다. 그게 사실이고 그래서 문제다.
책 팔아 받은 돈보다 고깃값이 더 나왔다. 그것도 문제였다.

92. 제안

럭럭치킨집이오!

수고했어요.

감사
합니다

저걸로 할까?

개업인데
더 좋은 걸로
해야지!

자네 혹시...
일할 데는 구했어?

네? 아직...

좀 더 쳐줘요~ 몇 번
안 쓴 기계예요. 진짜
힘들게 폐업하는데...

맘에 드는 알바
구하면 그거 하고

이곳은 희망과 절망이
공존하는 곳이지.

청소의 달인

막상 구할 데
없다 싶으면
연락해.

사람 일은 모르는 거여~

주로 한적한 곳에 있다.

커다란 창고 몇 개가 있는데

그 안에는 각종 주방용품들이 잔뜩 쌓여 있다.

가정용은 아니다. 식당에서 쓰는 것들이다.

커다란 대접이라거나 뚝배기와 받침대 같은 것들...

새것 같은 녀석도 있지만 모두 중고다.

잘 되었으면 여기로 왔을까?

어디선가 문을 닫은 식당에서 왔을 것이다.

물건들은 서글픈 사연의 주인공이라도

창고 안 분위기는 의외로 밝다.

커다란 카트를 몰고 다니며 장을 보는 사람들은

새로 식당을 열려는 사장님들이니까.

이곳에 올 정도면 초보는 아니라고 할 수 있다.

첫 장사를 하는 분들은 새것으로 사고 좋은 걸 산다.

하지만 몇 번쯤 쓴맛을 보고 나면 시작할 때는 중고로

최대한 아꼈다가 손님이 느는 걸 봐 가면서 투자를 하는 거다.

계속 신나는 트로트가 울려 퍼지다가 뭔가 어색한 노래가 나온다.

어디서 많이 들어 본... 영화 '라이온 킹' 노래네.

제목이... '삶의 순환(Circle of Life)'이었지?

여기도 돌고 도는 곳이니... 오늘 선곡, 나쁘지 않은 걸로.

93. 해결사

이놈의 변기. 갈든가 해야지. 원...

그럼 결국 거기뿐인가...

와장창!

네네. 걱정 마세요. 바로 갈게요.

어머! 괜찮아?

똥 싸기 전에 무너져서 다행이네. 하마터면 처참할 뻔...

큰일이네. 일요일이라 업체가 다 문을 닫았어.

어휴. 웬 화분을 또 사 왔어~!

레옹과 마틸다 리턴즈.

하수구가 막혀 봤다면 확실히 알 것이다.

그게 얼마나 심각한 결과를 가져오는지.

물이 내려가지 않는 건 시작에 불과하다.

역류가 시작되면... 하수구나 정화조에 있던 것들이

집안으로 쏟아져 들어오면... 허허...

하수구를 막는 것 중에 뜻밖에도 '기름기'가 있다.

기름? 기름은 그냥 물처럼 떠내려가지 않을까?

흙이나 이물질은 하수구 배관 아래쪽에 쌓이지만

물 위에 뜨는 기름기는 하수구 배관 위쪽에 들러붙는다.

배관에 기름이 찐득하게 자리잡고는 다른 것들을 붙잡는다.

그러다 갑자기 배관이 막히고 역류가 되는 것이다.

하수구는 여러 이웃이 연결되어 있다.

내가 깨끗하게 썼더라도 누군가 이물질을 빠트린다면?

서로 믿고 서로 조심하여 지내야 하지만

그래서 오히려 '나 하나쯤은...' 하게 되니 문제다.

우리 마음에도 감정의 하수구가 있다면

찌꺼기가 쌓이지 않도록 신경 써야겠지?

괜한 이물질을 빠트려 막히지 않게 조심하자.

버려야 할 감정이 역류하면... 허허...

나만 중요한가? 가족들은 하수구를 같이 쓰기도 하니

서로 조심해 주자. 막히지 않도록... 잘 흐르도록...

헉헉. 여기 새 변기...!

고맙소.

속성시멘트라 조금만 기다리시면 됩니다.

수고 하셨습니다.

깔끔해!

다운 아빠는 새 변기 사 오시고요. 다운 엄마는 청소기 준비를!

당신은 걸레랑 쓰레기 봉투 좀!

......

우리 때문에 많이 피곤하신가 봐.

아니, 기분 최고야.

그동안 실전에 굶주렸거든.

지금 사는 집에 이사를 왔을 때
거실에 나무로 마룻바닥이 깔려 있어 좋았다.
우리 주머니 사정이라면 장판도 버거웠을 텐데 말이다.
앞서 사시던 분들이 마룻바닥도 새로 깔고 그랬는데
상황이 여의치 않아 생각보다 빨리 집을 팔게 된 것 같았다.

욕실은 손볼 곳이 많았다.
타일은 오래되어서 색도 변했고 줄눈에 곰팡이도 제법 있었다.
전등도 어둡고 변기나 욕조도 낡은 데다 금도 좀 가 있었다.
욕실 공사를 진지하게 고민했지만
그때나 지금이나 주머니 사정이 빠듯해서 엄두도 내지 못했다.
내가 너무 세상을 모르고 살았던 것인지
욕실을 고치는 비용이 생각한 것보다 두세 배는 되었다.

타일과 줄눈이야 그저 닦는 수밖에.
이런저런 세제나 약품을 사다가 시간 날 때마다 닦아 나간다.
전등은 전구만 LED로 바꾸니 훨씬 나아졌다.
그 와중에 변기 수조의 뚜껑을 깨먹었는데 부품을 구하지 못해
집에 돌아다니는 바구니와 폼 보드를 이용해서 대략 덮었다.
대충 보면 수납 용품처럼 보일지도 모른다는 기대를 하며…

새걸로 싹 바꾸고 싶은 마음은 늘 있지만
언제쯤 할 수 있을지는 알 수 없다.
때로는 이게 뭐하는 건가 싶기도 하지만
일단은 닦고 고치는 재미를 찾으며 버티고 있다.

95. 프로의 비애

휴일인데. 너무 감사합니다.

오래간만에 연장들 꺼내 드니 저도 즐거웠습니다.

맥 CAFE

벽에 못 하나 맘대로 치질 못합니다...

좋은 술이 있어도 보기만 하고 마시질 못하는...

하여간 부럽네요. 집에 손을 대도 괜찮다는 게.

집을 고칠 게 아니라

?

손을 댈 수밖에 없어요. 워낙 낡은 아파트라. ㅋㅋㅋ

집에 손을 댈 수 있도록 집주인의 마음부터 고치면...

저는 전세라 집주인이 엄두도 못 내게 합니다.

!

신박한데?

지인이 급하게 이사를 가게 되었다.
집값은 모자라는데 아이들이 둘이라 방을 줄일 수는 없었고
찾고 찾아 적당한 크기의 연립주택에 전세로 자리를 잡았다.

겨울에 이사를 갈 때는 몰랐는데
날이 따뜻해지니 왜 집이 좀 쌌는지 알게 되었다.
베란다에 비둘기들이 날아와 앉기 시작한 것이다.
비둘기도 비둘기였지만 비둘기 똥이...
시끄럽고 냄새도 심해서 도저히 창문을 열 수 없었다.
집주인에게 이야기를 해 보았지만
주택에 문제가 있는 것은 아니니 해 줄 것은 없다는 답을 들었다.

생각보다 비둘기에 시달리는 집들이 제법 있었나 보다.
인터넷에는 비둘기를 퇴치하는 다양한 경험담도 있었고
비둘기들을 얼씬도 못 하게 한다는 제품들도 있었다.
일단 돈이 적게 드는 것부터 여러 가지를 해 보았다.

하도 여러 가질 시도해서 뭐가 들어맞았는지 알 수는 없었다.
베란다에 반짝거리는 바람개비도 달아 봤고
케이블 묶는 것을 이용해서 가시 철망 흉내도 내 보았고
가장 돈이 많이 든 것은 매인지 솔개인지 모형을 산 것이었다.
아무튼 좋은 소식은 비둘기가 이사를 갔다는 것이고
나쁜 소식은 집에 번쩍거리는 게 많아 너무 튄다는 것이다.
이사를 오기 전까지는 전혀 알지 못했다.
곧 비둘기 전문가가 될 거라고는...

96. 우리 나이쯤 되면

대학 졸업 후 몇 년 만인지.

조금씩 나이들은 먹었지만 예전 느낌은 다들 그대로네.

활미야. 우리 나이쯤 되면...

명품 하나쯤은 있어야 되지 않니? 그치?

그리고 짧은 순간 나를 훑는 시선들.

여기 음식 괜찮다~!

하하

맛집의 요리도 다 먹지 못하고

동창회에서 가장 먼저 나와 버렸어.

다들 그대로라는 생각은 나만 한 건가.

젊었을 때는 '품위 유지비'라는 말이 재미있게 들렸는데
나이를 먹으니 '품위 유지비'가 살벌하게 다가온다.
중년이 되면 자기 얼굴에 책임을 져야 한다던가?
살아 보니 얼굴보다는 지갑 쪽이 더 민감하더라.

편하게 만나던 사이가 좀 멀어질 때가 있다.
네가 밥을 사면 나는 커피라도 사야 되는 건데
네가 사는 밥이 부담스러워지기 시작한다.
내가 사는 커피가 초라하게 느껴지기 시작한다.
너는 괜찮다고 하지만 그래서 더더욱 나는 괜찮지 않다.

나이 들수록 꾸미고 다녀야 무시당하지 않는다는 말...
그런 게 어디 있냐? 단정하게 차려 입으면 되지...
말은 그렇게 하지만, 정말 그럴까 싶어진다. 요즘은.
위아래로 훑어보는 시선을 느낄 때면 더 그렇다.
뭐 나도 남을 보면 옷이며 시계며 눈길이 가니까
스캔하는 것도 이해하고 속으로 무시하는 것도 알겠는데
사람 앞에 두고 당당하게 얘기하는 것은 알고 싶지 않다.
그것도 좋은 충고를 하는 것처럼 말이다.

이 정도는 하고 다녀야 무시당하지 않는다는 말을
웃으며 당당히 건네는 사회에서
단지 무시당하지 않기 위해 써야 할 '최저 품위 유지비'는
도대체 얼마쯤부터 시작하는 것일까?

97. 남들 눈엔 내가

내가 그렇게 없어 보이나?

부웅

그동안 허세에 쩌들어 자존감 상실한 지지배들... 진짜 실망이다!

푹 퍼진 아줌마처럼 보이는 걸까.

아냐... 명품 하나쯤은 사 둘 걸 그랬나?

에이! 동창회 따위. 잊자. 잊어!

우리 나이쯤 되면 명품 하나쯤은...

쳇. 명품이 뭐 대수야? 명품이 나이를 보증한다는 법이라도 있어?

젠장! 오늘따라 왜 명품들만 보이는 거야?

고등학생이 된 기념으로 명품 지갑을 사 달라는 얘길 들었다.
그 집 부모는 뜻밖의 요구에 당황했다고 한다.
아이는 이미 또래들 중에서 많이들 명품을 들고 다닌다며
부모가 당황하는 모습을 이해하기 어려워했단다.

이 이야기를 전해 준 아내의 설명을 들어 보니
명품이긴 한데 아주 작은 크기의 지갑이어서
실제 금액은 20만 원 안팎이라고 한다.
내 추측으로는 스마트폰이나 무선이어폰도 그 정도 금액이니
아이 입장에서는 사 달라고 할 수도 있는 범위라 생각한 것 같다.
반면에 부모는 명품이라는 것 자체에서 거부감을 느꼈을 테고...

명품 하나쯤은 있어야 한다...
언제부터인가 우리 사회에서 상식처럼 돌고 있다.
이제 그 말이 청소년에게까지 내려간 것일까?
만약 명품이 사람과 사람을 구분 짓는 기준이 되어 버렸다면
더 늦기 전에 그 기준을 따라가야 하는 것일까?

98. 객층키

편이점에선 객층키를 눌러야 계산이 된다.

객층을 선택하여 주십시오.

어린이　어린이
중고생　중고생
젊은이　젊은이
중　년　중　년
노　년

삑

성공한 자

나름 성공

그럭저럭

인생 실패!

삑

음 ...

안녕히 가세요.

어서 오세요..

배고파... 열 받아도
음식은 다 먹고 올 걸.

에휴. 김밥은 무슨.
그냥 집에서 먹자.

안녕히 가세요.

만약 신적인 존재가 있어서

삼각김밥
이라도
사 갈까...

눈 인사라도 좀
하지. 그게 뭐가
어렵다고...

하긴 뭐. 나도
할 말은 없다.
나도 예전엔
저랬으니.

나를 내려다본다면
어떤 객층키를 누를까?

객층키를 선택하여주십시오.

남자　여자

혹시 저 손님이
누른 나의
객층키가...

불친절한 자

좀 더 열심히 인사해야겠어.

'객층키'는 편의점 업계의 숨겨진 무기다.
편의점은 물건을 팔 때마다 데이터를 모으고 분석한다.
편의점은 좁은 공간에서 판매 효율을 높여야만 하기에
데이터를 분석해서 각 매장마다 최적의 진열에 도전하는 것이다.

편의점 알바에게 객층키는 좀 귀찮은 존재다.
어쨌거나 눌러야 할 것이 하나 더 늘었으니 말이다.
꼼꼼하게 따져 가며 누르는 알바도 있고
대략 아무거나 누르는 알바도 있다고 들었다.
편의점 점주인 후배는 손님이 반말을 한다거나 하면
성전환을 시킨다거나 나이를 확 올린다거나
객층키로 소심한 복수를 한다는데 모쪼록 농담이길 바란다.

끊임없이 서로를 평가하는 사회다.
'좋아요'를 누를 수도 있고 '싫어요'를 누를 수도 있다.
맛이나 서비스는 별점이나 숫자로 환산된다.
'매우 만족'을 바라며 선물을 쥐어 주기도 한다.

범주로 나누고 수치로 재는 것은 분명 쓸모 있다.
하지만 세상에는 쉽게 나눌 수 없는 것들이 있다.
바로 평가할 수 없는 것들이 있다.
시간을 두고 지켜보아야 하는 것들이 있고
결과와 함께 과정까지 살펴보아야 할 가치들이 있다.
다른 무엇보다 사람에 대한 평가가 그렇다.

99. 라면 먹고 갈래요?

라면... 먹고 갈래요?

아빠들 요리의 특징.
주특기 하나만큼은 엄마보다 낫다.
이거 하나만큼은 양보할 수 없다!

내 경우엔 계란 프라이.
흰자는 바삭하게, 노른자는 터트리지 않는다.
핵심은 불 조절에 달려 있지...

계란 프라이를 얹은 간장 비빔밥.
언제라도 한 그릇 뚝딱!
참기름 한 방울도 잊지 말자.

가족들이 출출하다면?
거부할 수 없는 제안을 하지.
나의 계란 프라이는 언제나 옳다.

지금의 힐링이 너무 맛깔지잖아.

그때는 노을이 물들기 시작하는 것이 모두에게 신호였다.
골목이 어둑해지고 놀던 아이들이 집으로 돌아간다.
갓 지은 밥에선 고소한 냄새가 난다.
골목까지 퍼져 나온 냄새가 어서 오라고 재촉한다.

뜨끈한 밥을 한 수저 뜨니
엄마는 생선을 뜯어 한 점 올려 주신다.
따끈한 밥 위에 짭짤한 생선!
나도 모르게 눈을 감는다.
그 맛을 조금이라도 더 담아 두고 싶어서.

배가 부르니 세상이 바뀐다.
몸이 따뜻해지고 마음도 말랑해진다.
설거지 하는 엄마에게 매달리며
골목에서 놀던 얘기를 조잘거린다.

우리는 가족(家族)이다.
우리는 식구(食口)다.
가족은 피를 나눈 사이,
식구는 밥을 나누는 사이...
가족은 끈끈하고, 식구는 따뜻하다.

닮은 얼굴들이 모여
그렇게 나누며 하루를 살아갈 힘을 얻는 사이.
우리는 가족으로 살기로 했다.

레옹은 고독하다.
프로는 언제나 혼자인 법.
누구에게 기대려 하지 마라.

레옹은 연습한다.
프로는 결과로 말하는 법.
닦고 조이고 기름치자.

레옹은 집중한다.
프로는 긴장을 풀면 안 되는 법.
저 지금 자는 거 아닙니다…?

아, 그리고 레옹은 우유를 마신다…

아버지가 즐겨 보시던 '대부'가
어느새 나의 인생 영화가 되었다.

절대 거절 못할 제안을 하지!
친구는 가깝게, 적은 더 가깝게.
적을 미워하지 마라. 그러면 판단력이 흐려져.
입은 닥치고 눈은 크게 떠라.
우정과 돈은 물과 기름이지…

주의사항.
명대사는 마음속에만 품어야 해.
현실에서 빙의했다간… 음…

거절하지 못할
제안을 할까
합니다만…

언제 봐도 신기해요.
작고 메마른 씨앗인데
싹을 틔우고 꽃이 피거든요.

아파트 좁은 베란다
하루 몇 시간만 드는 볕으로도
씨앗은 기지개를 켠답니다.

키운다고 할 수 있을까요?
우리는 그저 기다리는 거죠.
물은 조금 주긴 하네요.

옮겨 심으면 더 단단히 뿌리내려요.
우리도 이사 다닐수록 나아지겠죠?

치익

이사를 갈 때마다 고민했거든.
이번엔 버릴까 말이야.

LP판 틀어본 지가 언제였더라?
전축도 오래된 얘기네.

처음 녹음실 출근하던 때가 생각나네.
부스 안의 정적이 너무 좋았었는데.
그때는 평생 녹음실에서 일할 것만 같았는데.

언젠가 돌아갈 수 있다고 생각했을까?
그래서 이 무거운 판들을 이고 다녔던 걸까?

이번에도 버리지는 못할 것 같아.

'비빔툰'을 인터넷에서 검색하면... '1998년 5월부터 연재되기 시작해서 2011년 12월에 완결된 홍승우의 가족만화'라고 나오네요. 단행본으로는 2000년에 첫 권을 시작으로 2012년까지 모두 아홉 권이 출판되었고요. 그런데 '시즌2'가 나왔습니다! 다시 비빔툰을 들고 돌아오신 이유가 뭡니까? 또 시즌2는 무엇이 다르죠?

 '비빔툰'은 여러 면에서 제 인생작입니다. 저를 만화가로 만들어 주었고, 과분한 사랑을 받게 해 주었죠. 처음에는 '정보통' 한 사람 회사원 이야기로 시작했다가 결혼을 하면서 '비빔툰'으로 진화했는데요, 제 인생 경험이 반영되었다는 점에서도 의미가 깊었죠. 시즌1이 만화가 홍승우와 함께 성장해 온 가족만화였다면, 시즌2는 오늘을 함께 살아가는 수많은 가족들의 이야기를 담아 보고자 합니다.

 시즌1이 '홍승우의 비빔툰'이라면 시즌2는 '모두의 비빔툰'이 되겠네요. 그래서 시즌2에서는 함께 상의하며 이야기를 다듬을 스태프를 영입했다고 들었는데요... 그게 접니다. (웃음)

이번에 시즌2, 1권을 작업하면서도 최대한 많은 분들의 경험을 녹여내려 노력했고요. 앞으로도 직접, 간접으로 알게 된 수많은 가족들의 이야기를 《비빔툰 시즌2》라는 그릇에 담고 싶습니다.

 그릇 이야기가 나온 김에 여쭙고 가겠습니다. '비빔툰'이라는 제목은 '비빔밥'에서?

 "우리 삶의 대부분은 아주 작은 감정들이 비빔밥 비벼지듯 서로 모여 만들어진다." 2000년에 처음 나왔던 단행본에 이렇게 적었던 기억이 나네요. 감정도 비벼지고, 사람도 비벼지고, 사건도 비벼지고... 뭐 그런 거겠죠.

 2000년에 첫 권이 나왔으니 《비빔툰》 단행본 출판 20주년에 시즌2가 나왔네요! 노린 걸까요?

 아유... 하다 보니 그렇게 된 거죠. 《비빔툰 시즌1》의 마침표였던 9권의 부제는, '끝은 또 다른 시작'이었습니다. 《비빔툰》은 평생 그런다는 마음으로 늘 새로운 시작을 고민하고 있었거든요.

시즌1의 정보통 가족은 실제 홍승우 작가님 가족들과 여러 면에서 일대일로 연결되어 있었죠? 시즌2의 정보통 가족은 시즌1의 연장선에서 출발하지만, 그냥 만화 주인공들이 되어 우리 사회의 여러 가족의 모습들을 대변했으면 좋겠다는 아이디어로 정리된 것인데요.

 그렇죠. 제 아이들이 훌쩍 자라 성인이 된 것도 영향을 준 것 같습니다. 저도 만화 속 정보통보다는 나이를 먹었기에 좀 더 작가의 시점에서 정보통을 보게 되었고요. 시즌1에서는 집안에서 소재를 찾았다면, 시즌2에서는 우리 사회의 수많은 가족들로 시야를 넓히려고 합니다.

 시즌2가 정보통 가족이 이사를 오는 것으로 시작하는 것도 그런 의미였죠. 우리 곁으로 새롭게 돌아온 정보통 가족을 소개합니다! 시즌1의 애독자라면 정보통 가족의 반려견이 '정비글'에서 '토리'로 바뀐 것에서 변화를 실감할 수도 있겠고요. 시즌2에서는 새로운 주변 인물들이 많이 등장하네요?

가족의 의미, 가족의 형태가 여러 갈래로 분화되고 확장되는 시대라고 생각합니다. 시즌2에서는 그런 변화들을 살펴보고 싶습니다. 이번에는 제가 하나 묻겠습니다. 시즌2를 시작하면서 '우리는 가족으로 살기로 했다.'는 얘기를 하셨는데요, 무슨 뜻일까요?

 가족은 태어나 보니 가족이잖아요. 당연한 거라고 생각해 온 건데요... 요즘은 그 가족도 하나의 선택이 되어 간다는 생각이 들었습니다. 가족이니까 당연히 가족인 게 아니라, 가족이기로 결정하고 뭔가 노력도 해야 가족으로 지낼 수 있는? 지금까지의 가족이 하나의 틀이었다면 앞으로의 가족은 연결 방식이 되지 않을까 하는 가설인데요, 아 저는 작가님께서 떨어져 있어도 보이스톡으로 드라마를 같이 본다는 얘기를 해 주신 게 인상 깊었습니다.

 아, 그 얘기요? 저도 직접 보면서 너무 신기했습니다. 아내가 유학 간 딸아이와 같은 드라마를 각자 보면서 동시에 보이스톡으로 수다를 나누는... 비행기로 열 몇 시간 거리에 떨어져 있지만, 오히려 같은 집에 있을 때보다 더 밀착하는 느낌이었거든요. 새로운 기술이 가족이 연결되는 방식에 많은 영향을 주고 있어요.

 새로운 기술은 기회도 되고 위기도 되죠. 같은 집에 있어도 각자 다른 사람들과 연결되고 영향을 받으니 오히려 가족들의 결합이 느슨해지는 경우도 많을 겁니다. 반대로 예전 같으면 거리나 시간의 한계로 해체되었을 가족들이 새로운 연결 방법을 찾아 더 단단해지기도 하고요. 요즘 할머니, 할아버지들은 와이파이와 기프티콘으로 손주들과 부쩍 가까워지셨다고 하네요.

 용돈을 데이터로 주고받는 시대가 되었군요. 가족의 변화에 가장 큰 영향을 주는 것이라면 스마트폰이 아닐까요? 단순히 스마트폰을 보느라 대화가 없다, 이런 것을 넘어서는 영향력이 느껴져요.

 같은 식탁에 앉아서 밥을 먹고는 있지만 각자 스마트폰을 보고 있다면, 몸만 여기에 있지 마음은 어디에 있는지 모르잖아요? 우리 집 식탁에 넷이 앉아 있지만 각자 연결되어 있는 대상이나 사람들이 그 뒤에 와 있는 거죠.

그것도 그려야겠네요. 대화 없이 각자 스마트폰만 보고 있지만, 누구 옆에는 뷰티 유튜버가 화장을 하고, 누구 뒤에는 격투기 시합이 벌어지고 있고, 누구는 아예 게임 속 드래곤과 용의 언어로 대화 중?

 만화가 직업병이죠? 대화하다가 소재다 싶으면...

 그렇죠! 만성질환이죠... (웃음)

 돌아온 《비빔툰 시즌2》를 시작하는 각오라면 너무 거창할까요? 소감 한 말씀 부탁드리겠습니다.

 《비빔툰》을 평생 그리겠다는 마음이 시즌1을 끝내고 없어질 줄 알았습니다. 무려 14년을 그렸으니 말이죠. 그런데 홀가분한 것은 잠깐이고 더 그리고 싶다는 마음이 사라지질 않더라고요. 아무래도 '비빔툰'은 제 업보인가 봅니다. 《비빔툰》을 잊지 않고 기다려주신 여러분들 덕분에 시즌2로 새롭게 이어가게 되었습니다. 시즌2의 새로운 가족들이 정보통 가족만큼 많은 사랑 받았으면 좋겠습니다. 《비빔툰 시즌2》가 나오기까지 도움 주신 모든 분들께 감사드립니다.

❶ 우리는 가족으로 살기로 했다

초판 1쇄 발행일 2020년 5월 1일

카툰 홍승우
에세이 장익준
펴낸이 박희연
대표 박창흠

펴낸곳 트로이목마
출판신고 2015년 6월 29일 제315-2015-000044호
주소 서울시 강서구 양천로 344, B동 449호(마곡동, 대방디엠시티 1차)
전화번호 070-8724-0701
팩스번호 02-6005-9488
이메일 trojanhorsebook@gmail.com
페이스북 https://www.facebook.com/trojanhorsebook
네이버포스트 http://post.naver.com/spacy24
인쇄 · 제작 ㈜미래상상

개별 ISBN 979-11-87440-60-4 (04810)
세트 ISBN 979-11-87440-59-8 (04810)